U0483343

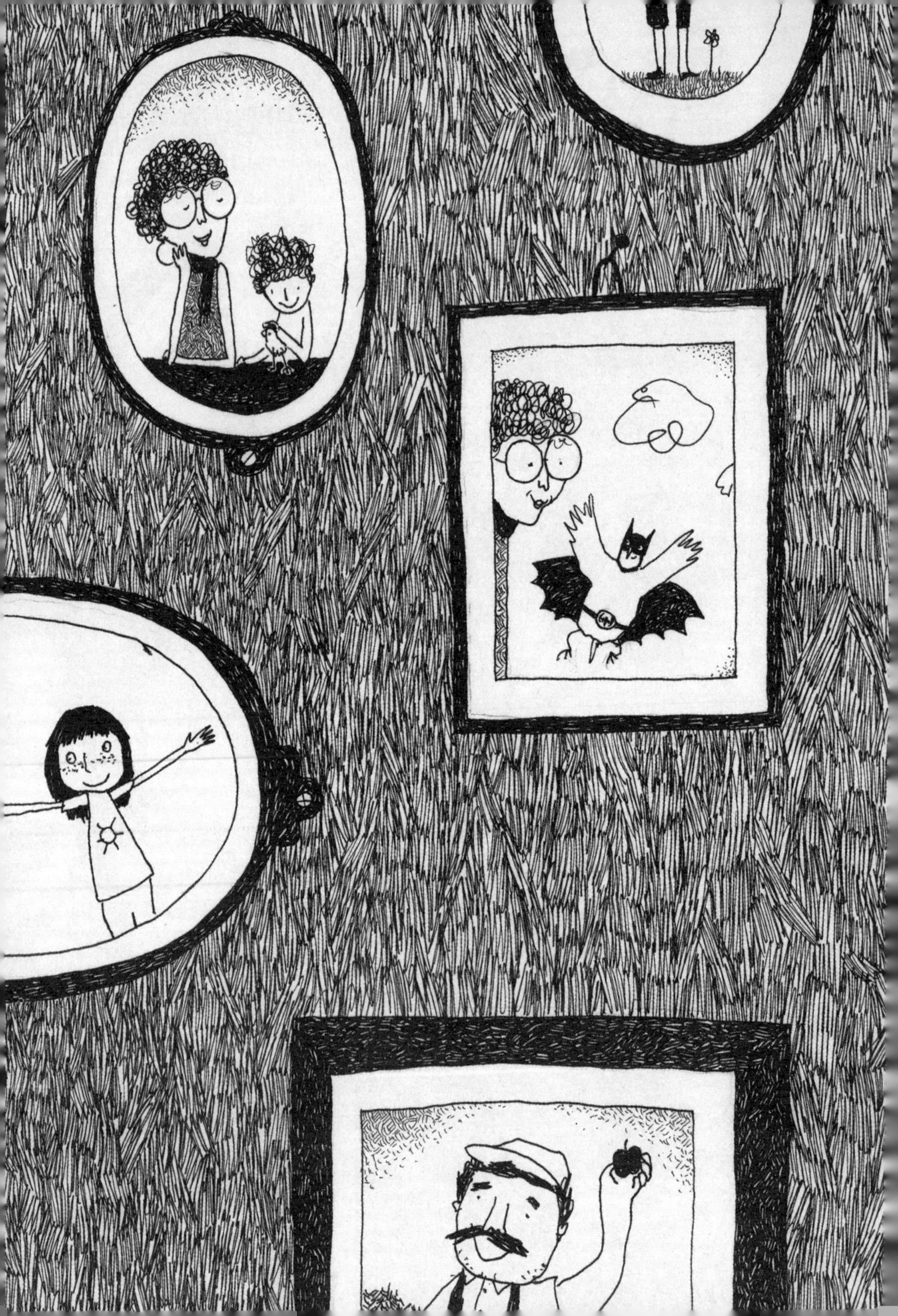

国际大奖小说

奥地利青少年文学奖

[奥] 米歇尔·罗厄／著绘　陈　琦／译

# 天使母鸡爱疯狂

天津出版传媒集团

新蕾出版社

图书在版编目(CIP)数据

天使母鸡爱疯狂 / (奥) 米歇尔·罗厄著绘；陈琦译. --天津：新蕾出版社，2016.9(2022.7 重印)
(国际大奖小说)
ISBN 978-7-5307-6451-0

Ⅰ.①天… Ⅱ.①米… ②陈… Ⅲ.①儿童小说-中篇小说-奥地利-现代 Ⅳ.①I521.84

中国版本图书馆 CIP 数据核字(2016)第 197021 号

Oma, Huhn und Kümmelfritz
Copyright 2012 by Verlag Jungbrunnen Wien.
Simplified Chinese language edition arranged with Verlag Jungbrunnen through Beijing Star Media.
Simplified Chinese Translation Copyright © 2016 by New Buds Publishing House (Tianjin) Limited Company.
ALL RIGHTS RESERVED
津图登字：02-2015-47

出版发行：天津出版传媒集团
　　　　　新蕾出版社
http://www.newbuds.com.cn
地　　址：天津市和平区西康路 35 号(300051)
出 版 人：马玉秀
电　　话：总编办(022)23332422
　　　　　发行部(022)23332351　23332679
传　　真：(022)23332422
经　　销：全国新华书店
印　　刷：天津新华印务有限公司
开　　本：880mm×1230mm　1/32
字　　数：55 千字
印　　张：4.75
印　　数：139 001—145 000
版　　次：2016 年 9 月第 1 版　2022 年 7 月第 16 次印刷
定　　价：25.00 元

著作权所有，请勿擅用本书制作各类出版物，违者必究。
如发现印、装质量问题，影响阅读，请与本社发行部联系调换。
地址：天津市和平区西康路 35 号
电话:(022)23332677　邮编:300051

# 前言

# 一辈子的书

梅子涵

## 亲近文学

一个希望优秀的人,是应该亲近文学的。亲近文学的方式当然就是阅读。阅读那些经典和杰作,在故事和语言间得到和世俗不一样的气息,优雅的心情和感觉在这同时也就滋生出来;还有很多的智慧和见解,是你在受教育的课堂上和别的书里难以如此生动和有趣地看见的。慢慢地,慢慢地,这阅读就使你有了格调,有了不平庸的眼睛。其实谁不知道,十有八九你是不可能成为一个文学家的,而是当了电脑工程师、建筑设计师……可是亲近文学怎么就是为了要成为文学家,成为一个写小说的人呢?文学是抚摸所有人的灵魂的,如果真有一种叫作"灵魂"的

东西的话。文学是这样的一盏灯,只要你亲近过它,那么不管你是在怎样的境遇里,每天从事怎样的职业和怎样地操持,是设计房子还是打制家具,它都会无声无息地照亮你,使你可能为一个城市、一个家庭的房间又添置了经典,添置了可以供世代的人去欣赏和享受的美,而不是才过了几年,人们已经在说,哎哟,好难看哟!

谁会不想要这样的一盏灯呢?

## 阅读优秀

文学是很丰富的,各种各样。但是它又的确分成优秀和平庸。我们哪怕可以活上三百岁,有很充裕的时间,还是有理由只阅读优秀的,而拒绝平庸的。所以一代一代年长的人总是劝说年轻的人:"阅读经典!"这是他们的前人告诉他们的,他们也有了深切的体会,所以再来告诉他们的后代。

这是人类的生命关怀。

美国诗人惠特曼有一首诗:《有一个孩子向前走去》。诗里说:

有一个孩子每天向前走去,

他看见最初的东西,他就变成那东西,

　　那东西就变成了他的一部分……

　　如果是早开的紫丁香,那么它会变成这个孩子的一部分;如果是杂乱的野草,那么它也会变成这个孩子的一部分。

　　我们都想看见一个孩子一步步地走进经典里去,走进优秀。

　　优秀和经典的书,不是只有那些很久年代以前的才是,只是安徒生,只是托尔斯泰,只是鲁迅;当代也有不少。只不过是我们不知道,所以没有告诉你;你的父母不知道,所以没有告诉你;你的老师可能也不知道,所以也没有告诉你。我们都已经看见了这种"不知道"所造成的阅读的稀少了。我们很焦急,所以我们总是非常热心地对你们说,它们在哪里,是什么书名,在哪儿可以买到。我就好想为你们开一张大书单,可以供你们去寻找、得到。像英国作家斯蒂文生写的那个李利一样,每天快要天黑的时候,他就拿着提灯和梯子走过来,在每一家的门口,把街灯点亮。我们也想当一个点灯的人,让你们在光亮中可以看见,看见那一本本被奇特地写出来的书,夜晚梦见里面的故事,白天的时候也必然想起和流连。一个孩子一天

天地向前走去,长大了,很有知识,很有技能,还善良和有诗意,语言斯文……

同样是长大,那会多么不一样!

# 自己的书

优秀的文学书,也有不同。有很多是写给成年人的,也有专门写给孩子和青少年的。专门为孩子和青少年写文学书,不是从古就有的,而是历史不长。可是已经写出来的足以称得上琳琅和灿烂了。它可以算作是这二三百年来我们的文学里最值得炫耀的事情之一,几乎任何一本统计世纪文学成就的大书里都不会忘记写上这一笔,而且写上一个个具体的灿烂书名。

它们是我们自己的书。合乎年纪,合乎趣味,快活地笑或是严肃地思考,都是立在敬重我们生命的角度,不假冒天真,也不故意深刻。

它们是长大的人一生忘记不了的书,长大以后,他们才知道,原来这样的书,这些书里的故事和美妙,在长大之后读的文学书里再难遇见,可是因为他们读过了,所以没有遗憾。他们会这样劝说:"读一读吧,要不会遗憾的。"

我们不要像安徒生写的那棵小枞树,老急着长大,老以为自己已经长大,不理睬照射它的那么温暖的太阳光和充分的新鲜空气,连飞翔过去的小鸟,和早晨与晚间飘过去的红云也一点儿都不感兴趣,老想着我长大了,我长大了。

"请你跟我们一道享受你的生活吧!"太阳光说。

"请你在自由中享受你新鲜的青春吧!"空气说。

"请你尽情地阅读属于你的年龄的文学书吧!"梅子涵说。

现在的这些"国际大奖小说"就是这样的书。

它们真是非常好,读完了,放进你自己的书架,你永远也不会抽离的。

很多年后,你当父亲、母亲了,你会对儿子、女儿说:"读一读它们,我的孩子!"

你还会当爷爷、奶奶、外公和外婆,你会对孙辈们说:"读一读它们吧,我都珍藏了一辈子了!"

一辈子的书。

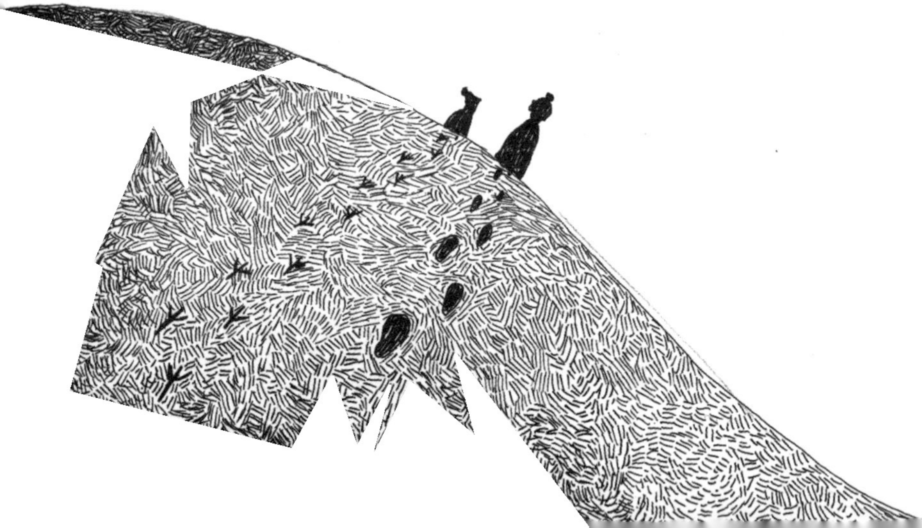

# 目录

## 天使母鸡爱疯狂

- 1　引子
- 6　第一章　母鸡魔法师
- 19　第二章　玛娅那点儿事
- 29　第三章　艺术家优帝、生病的弗里茨和萨拉米流感
- 47　第四章　母鸡夫子
- 57　第五章　低血糖母鸡
- 71　第六章　"弗玛母"和拉姆鲍尔绑架案
- 90　第七章　巧克力蛋糕押韵游戏
- 99　第八章　弗里茨和恐惧
- 112　第九章　奇妙的发现日

## 引 子

在史莱博胡同 15 号有一座楼房,这座楼房的一层住着善良的沃妮亚奶奶,她家的窗户正对着院子。沃妮亚奶奶七十岁了,她喜欢做饭和烘焙、潜水和慢跑、填字游戏和拉米纸牌。拉米纸牌是她从拉姆鲍尔先生那儿学会的一种扑克牌游戏,拉姆鲍尔先生说这种游戏特别适合在星期日喝完下午茶之后舒舒服服地玩一会儿取乐。他说得有点儿道理。

拉姆鲍尔先生是和沃妮亚奶奶从小一起玩到大的好朋友。他住在城外,如果你沿着沃妮亚奶奶家门前的马路一直往前走,向左拐两个弯,翻过一座小山丘,看到一个养着很多动物的大农场,那就是他的家。拉姆鲍尔先生有时候会来看望沃妮亚奶奶。他通常会带些东西过来——

天然健康的苹果泥、一袋土豆或者一些羊毛。沃妮亚奶奶就会用这些羊毛织成帽子、袜子或者给弗里茨织一个新的睡袋。

　　弗里茨是沃妮亚奶奶的孙子,他有一头乱蓬蓬的头发和一副热心肠。而且,自从他识字以来,就有了一个与

众不同的爱好：他最爱看的书是一本又大又厚的世界地图册，因为在里面可以发现很多奇奇怪怪的地名，比如"通布图①"和"的的喀喀湖②"。弗里茨会把里面最有趣的词背下来，遇到高兴的事情时就大声地喊出来——比如

---

①通布图：马里中部历史名城，撒哈拉沙漠南缘重要商路交会点。
②的的喀喀湖：世界最高的大淡水湖之一，位于玻利维亚高原北部。

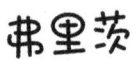

听到母鸡想出的好主意时。

母鸡是弗里茨最好的朋友。它有一张黄色的嘴巴,一身雪白的羽毛,还有一些特别高贵的品质:它谦虚、低调,甚至有点儿腼腆;它很善良,而且一点儿都不自高自大。可以说,它就是一位母鸡天使。关于它的更多事情,就先不透露了,还是你自己去读一读吧!

拉姆鲍尔先生

玛娅

## 第一章　母鸡魔法师

"让开，弗里茨！"母鸡激动地喊着，昂首阔步地走过儿童房。

它穿着沃妮亚奶奶那件深蓝色的大浴袍，翅膀上戴着一只游泳用的脚蹼。"著名的母鸡魔法师来了！我是举世闻名、无与伦比、万众敬仰的母鸡魔法师！谁要是挡道，我就马上对他施魔法！"

弗里茨从上到下打量了母鸡一番。

"哦。"他小声说,并且充满敬畏地鞠了一躬。

母鸡扑腾着翅膀飞到衣柜顶上,仪态端庄地坐在那里。

"我是全国、也是全宇宙最好的母鸡魔法师。"它说。"小弗里茨,我能变出你想要的任何东西,比如……"它停

魔法变变变!

顿了一下，脸上露出一丝坏笑，"比如我现在就能让空气中立刻出现一种奇妙的气味。你准会大吃一惊的。"

母鸡窃笑着，一本正经地站起来，掀起浴袍。

"你知道我要怎么做吗？"

弗里茨摇了摇头。

"用这个，"母鸡说，"我独一无二的魔法脚蹼，还有神奇的魔法咒语。注意，开始了！"

它开始来来回回地挥舞脚蹼。

"变！变！变！气味变出来！"

说着它弯了弯膝盖，悄悄放了一个屁，又用脚蹼扇了扇。弗里茨皱起了鼻子，喊道："呃，真恶心！"母鸡魔法师听了，脸上露出了得意的笑。

"怎么样啊？"

弗里茨半信半疑地看着母鸡。他还没有完全相信母鸡的魔法。

"那你会真正厉害的魔法吗？比如，把东西变没？"

母鸡的表情像是受到了侮辱。"当然会了。"它厚着脸皮说，"比如……我刚刚就把你的巧克力变没了。"

"真的吗?"弗里茨惊讶地问。

"骗你干吗?不信你看看,巧克力还在吗?"

母鸡窃笑着,偷偷舔了舔嘴。

弗里茨摇了摇头。他明明记得自己把巧克力放在架子最下层了,就在睡袋旁边,但现在那里确实什么都没有。弗里茨紧张地看着母鸡。

"那你现在能再把它变出来吗?我要吃。"他可怜巴巴地问。

"现在还不是时候,"母鸡解释说,"每个魔法师都需要认真思考,选择正确的时机。你当然不懂。这是母鸡魔法师才拥有的高级智慧,你这种笨小孩儿是不会明白的。"

弗里茨觉得很委屈。"我才没那么笨呢,"他抗议说,"而且我也会一种魔术——用扑克牌变的。"

"小孩儿的把戏。"母鸡不屑一顾地说,"但是,我亲爱的弗里茨,你很幸运,因为你是我的朋友。所以,如果你愿意的话,我可以发发慈悲,收你为我的魔法学生。当然了,你怎么可能不愿意呢?像你这样的小孩儿可不是每天都

能得到这种恩赐的。是啊,我就是心太软,可是又有什么办法呢?好了,弗里茨,你有兴趣吗?"

弗里茨兴奋得满脸放光,眼睛闪闪发亮。"俄克拉何马[①]!"他欢呼着点点头。突然,他又想起来一个问题:"可是魔法学生应该做什么呀?我一点儿都不知道。"

"哦,很简单,"母鸡解释说,"我怎么说,你就怎么做。你要崇拜我,从现在起叫我大师。要这样说话:是的,大师!遵命,大师!太了不起了,大师!或者说:噢!大师,没有您我可怎么办!"

弗里茨又点了点头。"明白了,大师!"他试着说。

母鸡很满意,纵身一跃,从柜子上跳下来。

"当然了,你还需要一套合适的装备!"母鸡一边说一边开始在脏衣篮里翻找。它抓出一件件衬衣、裤子、臭烘烘的袜子,胡乱地扔到地上。终于,它好像找到了它想要的东西。

"给你!戴上帽子!"它一边喊一边扔给弗里茨一团东

---

[①]俄克拉何马:美国中南部的一个州。

西——深蓝色的,上面还有黄色星星图案。

"可是,这是我的内裤啊!"弗里茨表示抗议。看到母鸡意味深长地抬起了眉毛,弗里茨立刻呵呵笑着改变了态度:"我是说,遵命,大师,一切都听您的。"然后乖乖地把他的"魔法帽"戴到了头上。

"好极了。"母鸡满意地点点头,"现在你还需要一只魔法脚蹼。"

沃妮亚奶奶的游泳包里塞着另一只黄色的脚蹼。弗里茨拿到脚蹼,现在可以开始了。

"我们先干什么?"弗里茨迫不及待地问。

"不急,不急,我的好学生。"母鸡伸出食指(准确地说是"食翅"),提醒道,"不要毛毛躁躁。作为魔法大师,必须要深思熟虑。"

它向窗外审视了一番,外面正好刮过一阵风,卷起了一地落叶。母鸡说:"你又走运了,弗里茨,我觉得今天非常适合学习飘浮魔法。这是一种最高级的魔法技能。现在,集中注意力!你看到外面人行道上的空塑料袋了吗?"

弗里茨点点头:"看到了,大师!"

"好。现在戴上你的脚蹼,跟着我念!"母鸡命令道。然后它闭上眼睛,用一种念咒语般的音调低声说:"魔法变变变,袋子飘起来。"

弗里茨重复了这句话。他努力念得像母鸡那样充满神秘感,然后跟着母鸡挥动脚蹼。他们紧张地盯着外面,一开始好像什么都没有发生。但是过了一会儿,袋子突然像着了魔一样飞了起来,在空中旋转飞舞,越飞越高,最后挂在了一棵菩提树摇摆的树枝上。

"怎么样?"母鸡问。

"博茨瓦纳①!"弗里茨惊喜地大叫。他看着外面的树冠,觉得这太不可思议了。

"没错吧,多么神奇的魔法啊!"母鸡也激动地说。弗里茨欢呼雀跃。他第一次真正地施展魔法就取得了圆满

---

①博茨瓦纳:非洲南部的内陆国,世界金刚石重要生产国之一。

成功。

"我要告诉你,亲爱的,"母鸡高兴地说,"更好的还在后面呢!凭借我无人能及的聪明才智,关于我们的下一

个魔法,我已经想好了一个绝妙的点子。弗里茨,站稳听好——接下来是:变形魔法!"

"布克斯特胡德[1]!"弗里茨激动地喊,"你把自己变成海绵宝宝,我变身蜘蛛侠,或者蝙蝠侠,或者……"

但是母鸡摇了摇头。"我的学生,很多东西你还不懂。变形魔法很难掌握,这可不是闹着玩儿的。就连经验丰富的魔法师也在这里栽过跟头。所以你听着:一个好的魔法师一定、一定、一定——你要切记——一定要先在别人身上试验咒语的效果。你明白吗?想想看,如果变形没有成功,你突然变成了一只毛毛虫,而我变成了辛普森先生,那多可怕!那样可就没有魔法师了,我们可就变不回来了。你听懂了吧?"

弗里茨失望地点点头。"但是我们应该用谁来做试验呢?沃妮亚奶奶怎么样?我们可以把她变成唐老鸭。"

"这个,"母鸡想了想说,"我不知道……不知道行不行。奶奶就坐在那边的客厅里,万一她没有变成唐老鸭,

---

[1] 布克斯特胡德:德国小镇。

而是变成了什么可怕的东西,比如变成了一条恶龙,那她只要三步就能走进儿童房把我们吃掉,我们都来不及喊救命。不行,我觉得我们必须找个离我们远点儿的人,比如拉姆鲍尔先生。"

弗里茨想了想,然后点点头。"但是那么远的距离,魔法能有效吗?"

从这里到拉姆鲍尔家的农场至少要步行四十分钟。

"当然有效了,弗里茨!"母鸡说,"再说咱们现在是两个人,我们的魔力也会到达两倍远。"

"那我们把他变成什么呢?"弗里茨兴致勃勃地追问。

"变成鸡蛋饼!"母鸡决定。

"太棒啦!"弗里茨高兴地说。拉姆鲍尔先生是个鸡蛋饼,这听起来太好玩儿了。

他们再次举起了魔法脚蹼,弗里茨又一次跟着母鸡一字一句地念:"魔法变变变,拉姆鲍尔变成鸡蛋饼!"

接下来是片刻的安静。

过了一会儿,弗里茨问:"你觉得魔法起作用了吗?"

"百分之百变了!"母鸡保证说,"拉姆鲍尔先生现在

已经变成了一个小鸡蛋饼,趴在地上不知所措,他对这个世界一无所知了。"母鸡咻咻地笑着。弗里茨也想笑,但是听母鸡这么一说,他突然觉得不好笑了。不,这甚至有点儿可怕和残忍。

"可怜的拉姆鲍尔先生!"弗里茨纠结地说着,泪水涌进了他的眼眶。他很同情亲爱的拉姆鲍尔先生。"大师,把他变回来吧!求求你了!"

母鸡考虑了一会儿,终于点了点头。"我没意见。你应该有你的想法。反正没有拉姆鲍尔先生的苹果泥我也活不下去。那么就到此为止吧!"

然后他们再次挥舞着脚蹼,念叨了一阵咒语,弗里茨这才松了一口气。

"好了,"母鸡说,"现在他又变回那位老爷爷了。"

但弗里茨还是要确认一下,他迅速抓起电话,打给拉姆鲍尔先生,问他是不是真的一切正常。当然了,拉姆鲍尔先生听起来确实挺好的。

"那你也没变成其他食物吧?"弗里茨问,"比如烤豆子,或者粗面饺子?"

"什么乱七八糟的！"电话那头说。拉姆鲍尔先生根本就不明白弗里茨在说什么。

"是的，"母鸡像一位智者一样眺望着远方说，"魔法也是有危险性的。幸好你还有我这么一位魔法界的顶级大师。你可以放心，因为我几乎不会出错。"它停顿了一下，然后伸了个懒腰。"尽管如此，我的朋友，施展魔法还是很辛苦的，而且会让人特别饿。弗里茨，我们现在变一些面包夹香肠出来，你觉得怎么样？"

"好呀！"弗里茨完全赞同，于是他们开始施魔法了。

这时，门开了，奶奶走进了儿童房。

"有人拿了我的潜水脚蹼吗……"奶奶说到这儿停住了，她看到弗里茨和母鸡的打扮，忍不住笑起来。"请还给我好吗？"她向着魔法脚蹼伸出手。每周一奶奶都要去上潜水课。没办法，母鸡魔法师和它的魔法学生只能交出魔法脚蹼，今天的魔法活动到此结束了。

"太可惜了！"弗里茨失望地说，"现在你不能把我变成蜘蛛侠了。"

"咳，"母鸡说，"没什么大不了的，小弗里茨！我们现

在还是去看看面包夹香肠变得怎么样了吧!"

"雷克雅未克①!"弗里茨喊道。他差点儿就把面包夹香肠的事给忘了。

"雷克雅未克!"母鸡也大喊一句,跑进了厨房。

"看呀大师!"弗里茨说,"棒极了!"他们看到一个大盘子里放着面包夹香肠。信不信由你,六片新鲜出炉的面包片,配了很多的香肠和一些黄瓜。就是他们平时最爱吃的,也是只有沃妮亚奶奶才能做出来的味道。

母鸡点点头。"看来我确实是世界上最好的母鸡魔法师,想不出还有谁比我更好了。有我在,真好!开吃吧,小弗里茨!"

"你也吃吧,尊贵的大师!"

---

①雷克雅未克:北欧国家冰岛的首都。

## 第二章　玛娅那点儿事

"砰!"儿童房的门关上了。这时沃妮亚奶奶正和母鸡坐在厨房的桌子前玩填字游戏,听到声音她们一脸疑惑地互相看着。这是什么情况?

弗里茨放学回来了。他气呼呼地走进儿童房,板着脸把书包往墙角用力一扔,一边大声骂着一边把房门砰地关上了。

"这个神经病!"门内传出他的咒骂声,"我再也不跟

她说话了!"

奶奶站起来,把手中的圆珠笔放到一边,走过去。母鸡当然也跟着。

"这个该死的讨厌鬼,她是个大傻瓜、笨猪、蠢驴!她拿走了我的好友记录册,还看了里面的名单。这跟她有什么关系!我找她要的时候,她还笑,还跑进女厕所躲起来。这个大赖皮!"

奶奶点点头。她总是一下就能猜出是怎么回事,根本不需要多说。

"是玛娅?"她问。

"对,就是她。那个臭玛娅,丑小鸭,大傻瓜!还能有谁?!"

奶奶又点了点头。玛娅是个活泼机灵的小姑娘,眼睛圆圆的,脸上长了一些雀斑。她家就住在对面。玛娅是一年前才跟她的父母搬到史莱博胡同的,从那时起她就成了弗里茨的同班同学。

"接着说,后来怎么了?"奶奶想知道。

"然后我就在厕所门口等她们出来,就是玛娅和她那

个傻朋友谷德伦。我听见她们在里面说悄悄话,还笑个不停。好不容易等到她们出来,我就从玛娅手里抢过了那个本子,还狠狠推了她一把。可是她也推了我一把,我摔倒了,头上撞出了一个包。"

"太不像话了!"母鸡听了火冒三丈,"这家伙以为自己是谁,竟然欺负我最好的朋友弗里茨。太过分了!而且没人帮可怜的弗里茨!这个坏丫头是存心跟你过不去的,小弗里茨,明摆着的,她就是跟你作对。你需要有人保护你,帮你对付这个坏蛋。你需要一个强壮、勇敢、会空手道的保镖,还得会柔道和武术!总之一句话,弗里茨,你需要我!明天我跟你一起去学校,让这个玛娅吃不了兜着走!"

母鸡站在那里——挺着胸,双翅叉在腰间——那架势就像一位大英雄。沃妮亚奶奶用手指在下嘴唇上来回滑动,若有所思。

"也许她只是喜欢你,"奶奶说,"她爱上你了,想逗逗你。"

弗里茨的脸一下子红得像番茄,然后他大喊起来:"不可能!不可能!恶心!她要是爱上我,我就躲得远远的。

我怎么可能跟她做朋友,她这个笨蛋!"

"没错!"母鸡表示同意,"我们才不想跟这种人来往!明天我们会让这个讨厌的家伙知道什么叫害怕。"

"密克罗尼西亚[①]!"弗里茨欢呼道。

"密克罗尼西亚!"母鸡也喊。

于是,第二天,母鸡跟着弗里茨一起去了面包胡同小学四年级二班。

当玛娅看到弗里茨向她一步步走来,身边还跟着一只母鸡时,她睁大了眼睛。

"呀!"她吃了一惊。

"怎么样?吓一跳吧?"母鸡尖酸地说,"浑身发抖了吧?"

玛娅莫名其妙地看了看母鸡,又看了看弗里茨,搞不懂状况。但弗里茨什么都没说,只是盯着地上,脸颊有点儿红。

---

①密克罗尼西亚:太平洋西部的岛群。

母鸡气势汹汹地站在玛娅面前。它没有注意到弗里茨悄悄给它使眼色,也没有注意到玛娅眼中充满爱慕的目光,脑子里只想着一件事——空手道。

"嚯——哈!"它边喊边摆出了进攻的架势。

玛娅笑了起来,因为母鸡的战斗动作看起来太滑稽了。

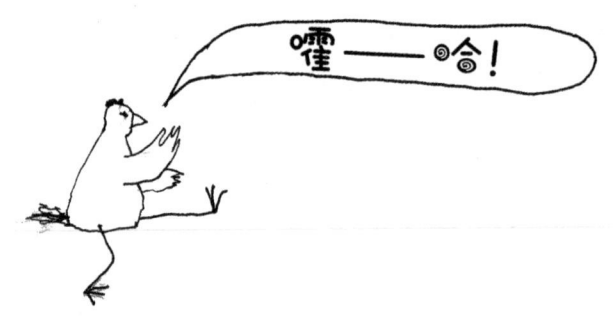

"你觉得这很好笑吗?"母鸡气呼呼地问。

"是呀!"玛娅嘻嘻地笑着,弗里茨也露出了笑意。

"先别笑,我有事要跟你这个小屁孩儿说:你拿走我亲爱的朋友弗里茨的好友记录册,还推他,还……不知道怎么惹了他——这是一件事。你还嘲笑我,这是另一件事。你嘲笑我这只无比强大的超级母鸡,这更不能容忍!

我是他的保护天使,我要保护弱小无助的弗里茨!"

母鸡愤怒极了,它因为受到侮辱而错愕,表情变得僵硬。玛娅不仅丝毫没有被它吓倒,反而还一直大笑,这太过分了!

母鸡怒吼一声扑过去,抓住了玛娅的脖子。玛娅被这突然袭击吓了一跳,但她不费吹灰之力就把母鸡从身上拉开,把它夹在胳膊下面,然后笑着在教室里跑起来。同学们都坐在凳子上鼓起掌来。

"嘿!救命!放我下去,你这个巫婆!救命啊,弗里茨!你快救我,不然她会把我放进炉子里烤熟,像烤面包一样,然后配着炸土豆和蛋黄酱吃掉!"

但弗里茨只是笑着站在那里,眼看着母鸡在玛娅的胳膊下挣扎反抗,越来越歇斯底里。

"你会倒霉的,你这个禽兽!你这么折磨一只可怜的、无辜的母鸡,你这个可恶的家伙!我要告诉沃妮亚奶奶,她会用擀面杖收拾你的。放我下去!弗——里——茨——救命!求你了!"

"出什么事了?"教室里突然安静下来。大家都往门的

国际大奖小说

> 你们两个都跟我来!那只鸡也来!

方向看去,博赫丹奇校长站在那里。

"玛娅,放开那只母鸡!它来这儿干什么?这是学校,又不是养鸡场。这到底是怎么回事?谁干的?这只鸡是谁的?"

弗里茨犹犹豫豫地举起了手。

"弗里茨,过来!"校长用低沉的声音说。弗里茨懊悔地服从了校长的命令,眼泪都快要流出来了。看得出来他很害怕。

"但是,校长!"一个声音轻轻说,"这事不能怪弗里茨。都是我的错,因为我昨天把弗里茨的本子……"玛娅这时已经把惊慌失措的母鸡放下,快步走到了弗里茨的身边。

"那好,"博赫丹奇校长严肃地说,"你们两个都跟我来!那只鸡也来!"

中午,弗里茨和母鸡放学回到家,沃妮亚奶奶一开门就立刻看出,他们今天肯定发生了点儿什么事。母鸡和弗里茨都喜形于色,一脸的兴奋,眼睛里闪着异样的光。都不等奶奶开口问,这两位还没进门就迫不及待地说了起来。

"奶奶,今天能让玛娅来家里玩吗?你知道吗?我们今天去校长那儿了……"

"噢,噢,亲爱的校长!"母鸡满怀倾慕地低声说,"他救了我的命,把我从那个女妖的魔爪中解救出来了!"

"她不是女妖!"弗里茨打断它的话,"她已经道歉了,

我们现在是朋友。奶奶我告诉你,我们校长……"

"噢,我的宝贝,我的大英雄!噢,吻我吧,校长先生,吻我!"母鸡喊着,兴高采烈地围着奶奶和弗里茨跳起舞来,伸展着双翅像是要拥抱谁一样。

"他的胳膊那么强壮,可爱的校长,还有他的声音。啊,多好的男人!弗里茨,我要嫁给他!"

奶奶忍不住笑了起来,弗里茨也笑了。

"现在可以吃杏香团子了!"奶奶说。

"伯罗奔尼撒①!"弗里茨和母鸡异口同声地喊着,跑进了厨房。

吃了大概七个裹着面包屑和糖粉的团子之后,弗里茨给玛娅打了电话,不一会儿他们俩已经肩并肩地坐在院子里的晾衣杆上,晃悠着双腿了。母鸡懒洋洋地靠在旁边的躺椅上发呆,脸上露出一丝傻笑,还时不时满怀向往地发出感慨:"博赫丹奇先生,我可爱的博赫丹奇先生。"

---

①伯罗奔尼撒:希腊南部伸向地中海的半岛。

## 第三章 艺术家优帝、生病的弗里茨和萨拉米流感

"哈尔基季基[①]!"弗里茨高兴地大喊着,从他的睡袋里跳出来,"看呀,下雪了!"

"哈尔基季基!"母鸡看到窗外一片白茫茫的景象,也高兴极了。恰好今天是星期日,不用上学,他们吃完早饭后就可以出去玩了。

---

[①]哈尔基季基:希腊北部半岛。

"我们玩什么呢?"弗里茨问,"堆雪人?打雪仗?滑雪?"

"咱们来找优帝吧!"母鸡提议。

"你是说夜帝吧,"弗里茨纠正它,"那种神秘的雪地野人。"

"不,亲爱的弗里茨,你又自作聪明了,我说的是优帝,你可能不知道。"

弗里茨迷茫地摇摇头。

"优帝是夜帝的一个远房表哥,一个非常有才华的艺

术家。他不是很有名,这一点得承认。而这跟他总爱宅在家里有关。他一年只出一次门,就是在冬天下第一场雪的时候。这时候他就会出发去购物,买颜料、画笔、纸、画布,这都是画家的必需品。他还会去超市买差不多七百个面包夹香肠和两百八十卷卫生纸。这些够他用一年。然后他就走回自己的秘密住处,在画架前度过剩下的三百六十四天。但是,我亲爱的弗里茨,如果走运的话,他还会在回家的路上去看望一位老朋友。你猜猜是谁?"母鸡滔滔不绝地说。

弗里茨耸了耸肩。

"当然是约帝。他和优帝是从小一起长大的最好的朋友,而约帝又跟他同父异母的哥哥亚帝一起住在离这儿不远的一个红色的雨水桶里。"

母鸡停顿了片刻,整理了一下它的羊毛帽,用翅膀指着右边说:"就从这儿往前走,差不多拐七个弯,小河的中间有一个桶。哈,亲爱的弗里茨,有我这样一只母鸡你真是太走运了,我了解这一切。那么现在,我们去找优帝、约帝、亚帝还有伟大的艺术吧。你准备好了吗?"

优帝、约帝、亚帝、夜帝,弗里茨已经完全凌乱了。但这件事听起来多少有点儿像一次有趣的探险,所以他愉快地同意了。

"诺曼底①!"他高兴得欢呼起来。

"诺曼底!"母鸡也欢呼起来,然后他们就走进了雪地里。母鸡在前面走,弗里茨在后面跟着。就像母鸡刚才说的一样,沿着马路往前走,然后拐了差不多七个弯。

走了还不到十分钟,他们就到了一条小河边,在水中间真的立着一个生锈的旧雨水桶。

"到了!"母鸡大喊着,用翅膀指向那个破旧的大桶。

"你觉得他们在家吗?"弗里茨问。那个桶的样子看起来可不太适合居住。"当然,"母鸡肯定地回答,"那是两只超级大懒虫,懒得超乎想象。他们一天到晚懒洋洋地坐在电视机前,叫外卖送来比萨和可乐,吃饱喝足,打完嗝,放完屁,然后就把空的比萨盒和可乐罐直接抛出桶外,丢进小河里。那儿!你

---

①诺曼底:法国西北部旧省名,第二次世界大战中同盟国军登陆处。

看见了吗？那就是证据。"

母鸡指着水里，有个比萨纸盒漂在水上，已经被泡软了，岸边的几根树枝中间还有几个易拉罐。

"这可是污染环境啊！"弗里茨生气了。

母鸡点点头。"这个你一会儿可以自己跟他们说。来吧！"它指着一根伸入水中的树干，做了一个颇有风度的

手势,示意弗里茨先走。"您先请!"

弗里茨点点头爬上了树干,小心翼翼地往前挪,尽可能地接近桶。正当他准备往下跳的时候,出事了。

让我们来还原一下现场:树皮湿滑,弗里茨的脚没有踩稳,打了个滑,随着一声大喊,他掉进了冰冷的水里。外套、裤子、靴子全都进水了,又湿又冷,弗里茨冻得全身发抖。

"你怎么笨手笨脚的!"母鸡责怪地说,"现在得回家给你换干衣服了。我们只能错过大艺术家了,都是因为你。"

当然,母鸡也知道,抱怨是没有用的。什么大艺术家,什么优帝、约帝、亚帝,现在都不重要了,最重要的是干衣服、热水澡、一杯热腾腾的野蔷薇茶,还有沃妮亚奶奶给弗里茨裹上的一床温暖的被子。

奶奶也责骂了几句他们干的傻事,但更多的还是心疼弗里茨。

"你们都干了些什么呀?"奶奶无奈地摇着头。

弗里茨本来想跟奶奶保证他们以后再也不这样了,

但是母鸡悄悄对着他的耳朵说:"要不我们明天再去一次?要是我们运气好的话,说不定今天优帝去他的老朋友那儿帮那两个懒虫大扫除了。他应该会把屋子弄得干净整洁,然后累得筋疲力尽,就待在那儿过夜了。如果我们起得足够早,上学之前就跑到小河那儿,也许我们还能碰到他。"

"安达卢西亚[①]!"弗里茨喊道,但是这次他的声音不像平时那么兴奋。

母鸡定好了早晨五点半的闹钟。第二天一早,它满怀激动地从自己的床上跳起来,轻轻地拍着弗里茨的睡袋。

"起床啦先生!优帝在等我们呢!艺术在召唤我们!起来!起来!起来!"

但是弗里茨的被窝里只传出一声痛苦的"阿——嚏!",然后是一个闷闷的声音:"你可能得自己去了。我……阿——嚏!!!"

---

[①]安达卢西亚:西班牙南部山脉,有多处典型的喀斯特地貌。

国际大奖小说

普通的支气管炎。

他不需要再说什么,母鸡明白了。弗里茨生病了,感冒,发烧,咳嗽,鼻塞,他今天必须卧床休息,还得喝茶、吃药、喝面条汤。

"你最好不要离他太近,"沃妮亚奶奶提醒说,"否则他会传染给你!"说着她把母鸡赶出房间,打电话叫来了舒乐医生。

医生给可怜的弗里茨做了检查,用听诊器听了听,说:"是普通的支气管炎。"

"危险吗?"

"没事的,"舒乐医生安慰弗里茨说,"但是你必须卧床休息,否则你可能会得肺炎。"弗里茨当然不想得肺炎,他钻回睡袋里,奶奶帮他整理好,还给他播放了广播剧CD。然后她拿来一杯加了蜂蜜的菊花茶和几块烤面包干。弗里茨就这样一直睡。中午的时候,玛娅来了,她来看看弗里茨怎么样了,还给他讲了学校的事情。他们玩了一会儿纸牌游戏,玛娅还把她的好友记录册拿给了弗里茨。

"你要不要把自己写进去?"她问这句话的时候,脸红得像个胡萝卜。后来他们告了别,玛娅答应他明天把弗里茨的作业带来。

在此期间,奶奶来送过体温计。拉姆鲍尔先生也来过一次,他来看奶奶,顺便帮她给蜂蜜蛋糕裱花。下午快五点的时候,面包师施曼诺夫斯基给弗里茨送来一个椒盐面包圈,希望他能早点儿好起来。

只有母鸡这一整天都没有露面,消失得无影无踪。

直到教堂楼顶的大钟敲过七下,外面已经一片漆黑的时候,弗里茨才听到楼梯间传来轻轻的咯咯声。接着门开了,母鸡走进来。它看起来好像很疲惫的样子,它一言

不发地拖拉着穿过儿童房,躺到它自己的床上,拉过被子一直盖到嘴上。

"你不舒服吗?"弗里茨担心地问。

"嗯,"羽绒被下面传出沙哑的声音,"我病了。病入膏肓,亲爱的。伟大的母鸡剩下的日子不多了。我要悲惨地离开这个世界了。"它轻声地呜咽着。

"上帝保佑!出什么事了?"弗里茨从睡袋里爬出来,小声问。然后他走到母鸡的床边,坐在了床沿上。慢慢地,从被子下面探出一个毛茸茸的头来。

"哦,"母鸡开始讲,"说来话长。不过这种让人激动的事不适合对你这样的病号讲,你不应该听这种冒险故事。"

"冒险?"弗里茨重复道,他突然来了精神,"我的病现在没那么严重了,快讲吧,求你了!"

"那好吧,这可是你要听的。但是你可别吓尿了裤子,弗里茨!"母鸡把枕头放好,开始讲了,"告诉你,我今天碰见了优帝。就在约帝和亚帝家的那条小河边,就跟我之前预料的一样。他正准备回家,这时候我就问他,我可不可以陪他走一段。他说很高兴,于是我们就沿着小河走,一路聊着艺术。他问我愿不愿意到他的工作室去,因为他想给我画张像。他说他还从没有见过像我这样气度不凡、有着美丽大眼睛的母鸡。我当然说可以,然后就跟着他到了他的秘密住处。弗里茨,弗里茨,你绝对想不到,这位优帝住在一座城堡里——一座童话中的魔法城堡。城堡很高,在云朵的上面,要坐缆车才能上去。上面有一个大大的、

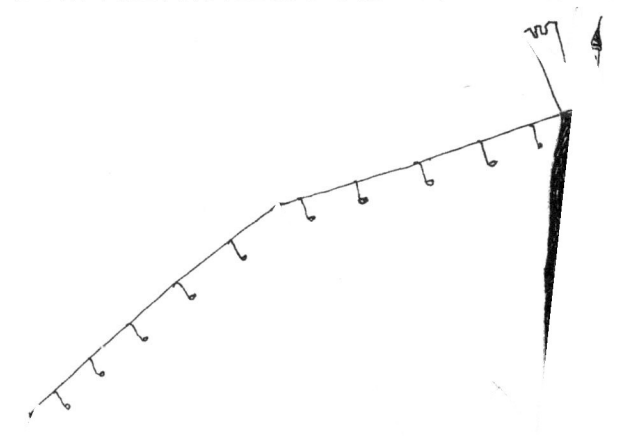

带游乐场的花园,四周都是像恐龙一样高的大树。这座城堡完全就是中世纪的样子,到处都是秘密通道和密室。在其中一个房间里有一张巨大的蹦床,我们在那儿休息了一会儿,优帝在蹦床上跳了几下,翻了两个跟头。过道里开过一列玩具火车。在一个角落里还有一个巨大的玻璃鱼缸,里面有海马。"

"哇噢!"弗里茨吃惊不小。

"是啊,你不去太傻了。不过这也没办法。好吧,总之在城堡的一个塔尖里就是他的工作室,也就是画室。我们在那儿舒舒服服地待了一会儿,吃了一些面包夹香肠,他给我画了像。那幅画特别漂亮,极具表现力,简直举世无双。画中的我漂亮极了——差不多跟真实的我一样漂亮。我敢肯定,任何一个画廊都愿意出几百万欧元买这幅画。但是他,优帝,只想把它送给我。"

"伊斯兰堡[①]!"弗里茨脱口而出,"几百万欧元!"

"是的,"母鸡说,"但是我这么一只高尚的母鸡当然

---

① 伊斯兰堡:巴基斯坦首都。

立刻就想到了我那可怜的、生病的弗里茨,我当时想,这个带回去给弗里茨当礼物不错。哦,我是一只多么大方的母鸡,是吧,弗里茨?"

弗里茨点点头,他的目光四下寻找着那幅画。在哪儿呢?他没有看到。

"唉,可惜,"母鸡叹了口气,它猜出了弗里茨的心思,"画不见了。哦,真是倒霉透顶了。"它停顿了一下,又继续说:"强盗,弗里茨!强盗!他们肯定是从哪儿得知了这幅价值连城的画。在回家的路上,我刚走到运动场的小桥那儿,他们就突然出现在我面前。他们穿着黑色的衣服,骑着鲜绿色的恶龙,把我包围了。"

"龙?!"弗里茨倒吸了一口凉气。

"他们一共十个人。十个凶恶的歹徒,骑着十头流着口水的、黏糊糊的怪兽。但是别担心,亲爱的,我让他们知道了我的厉害。他们中的六个光是听到我吓人的咯咯声就已经慌乱地逃跑了!你想听听吗?"母鸡绷起它的肌肉,发出一声尖厉的"咯咯哒——"弗里茨赶紧用手捂住了耳朵。

"停!"他喊道。

"可怕吧?"母鸡高兴地问。

弗里茨犹豫地点点头。"其他强盗呢?"他问。

"你猜怎么着?咣咣几下拳脚,他们就都倒下了。"母鸡露出得意的笑容。

"那幅画呢?"弗里茨想起来。

"对,那幅画,"母鸡重复着,"哦,对了!"它叹了口气,一下子又恢复了可怜虚弱又忧伤的表情。"其中一个强盗不知道怎么就抢走了那幅画,然后溜走了。我当然立刻追过去,而且差一点儿就抓到了他。这时候他的那条感冒的恶龙突然正对着我的脸打了个喷嚏。你想想,黏糊糊的龙鼻涕还带着高度传染性的病菌呢!弗里茨!弗里茨!你绝对想不到,那是萨拉米流感。"

"雅加达①!"弗里茨惊呼一声,无比担心地说,"萨拉米流感?"

"是的,"母鸡点点头,看起来很伤心的样子,"我现在

---

①雅加达:印度尼西亚首都。

已经无药可治了。"

"萨拉米流感……"弗里茨又重复了一次。

"我已经跟你说过了,"母鸡有点儿生气了,"你是不是不相信我?你是不是想说我在撒谎?你觉得我其实一整天都在晾衣杆上坐着,我讲的一切都是编的?!你这个冷漠的家伙!"

"不,不,"弗里茨赶忙安抚它,"我当然相信你。"

母鸡叹了口气。"唉,我亲爱的弗里茨。要是我死了,我会想你的。你肯定也会非常非常想我。"

"死?"弗里茨不知所措地看着母鸡。

"唉,"母鸡遗憾地摇摇头,"这也是没有办法的事。萨拉米流感比肺炎要严重一千倍,也比世界上所有的支气管炎加起来还要严重一千倍。我真是一只生病的、可怜的

母鸡。"

"难道没有药吗？什么办法也没有吗？"弗里茨抽泣着，流下了眼泪。

母鸡想了想，把头歪过来，说："也不是，可能还有一点儿办法。"它停顿了一下。

"真的？"弗里茨充满了希望。

"是的，"母鸡说，"治疗萨拉米流感最最重要的药物就是很多的关注和娱乐。我必须待在床上，听很多广播剧，你还得给我讲最好玩儿的笑话。"

"还有呢？"弗里茨追问道。

"还有最重要的当然是面包配萨拉米香肠。我至少每半个小时就需要一份，还要配黄油和芥末。这是治疗萨拉米流感最好的、也是唯一有效的药。另外，沃妮亚奶奶还要给我把被子抖开、盖好，而你，弗里茨，可能得送我一个你的毛绒玩具让我抱着。"

母鸡说着，又可怜巴巴地咳嗽了几声，把自己埋进了被子里，满怀期待地等着看会发生什么。弗里茨当然希望母鸡尽快治好这种危险的病，所以他把自己第二喜欢的泰迪熊给了它，奶奶无微不至地照顾着这两个生病的宝贝，帮他们把被子盖好，沏好茶，勤快地做好萨拉米香肠。

大约过了一个星期。准确地说是九天。在第十天的时候，舒乐医生来了，她来给弗里茨做检查。

"好了，"她说，"你现在彻底恢复了。"

"那母鸡呢？"

舒乐医生皱起了眉头，疑惑地看着弗里茨。

"母鸡也生病了？"她惊讶地问。

"萨拉米流感。"沃妮亚奶奶解释说，她向舒乐医生使了个意味深长的眼色。

"哦！"医生心领神会地笑着说，"那我们也来看看这位病人吧。"

她把手放在母鸡的额头上，然后摸了摸脉搏，检查了一下眼睛，又听了听心跳。"没问题了，"她最后说，"我看你已经痊愈了。"

"贡波尔茨基尔兴[①]！"弗里茨欢呼。

---

①贡波尔茨基尔兴：奥地利的一座城市。

国际大奖小说

"谢天谢地!"奶奶说。

"贡波尔茨基尔兴!"母鸡也欢呼道。然后他们三个搂在一起,在房间里跳起舞来。

## 第四章　母鸡夫子

"我的眼镜又去哪儿了？"沃妮亚奶奶叹口气,在围裙的口袋里翻找着。

这时厨房的桌子下面传来一个声音:"找眼镜者,须摘蓝莲花。"

"莲花？什么意思？谁说的？"奶奶问。

"母鸡夫子说的,"那个声音立刻回答,"也就是我,如孔夫子一般富有智慧。"

母鸡盘着双腿坐在桌下的一个坐垫上,手指——准确地说是翅尖上的羽毛——摆成奇怪的兰花指,若有所思地看着前方。

"红山羊不知所措,偷偷看书。"母鸡一脸虔诚地说,说完静静等着奶奶的反应。

"你说的是什么东西呀？"奶奶不耐烦了，"红山羊？你这是在说我吗？听着，我现在真的没心情听你那愚蠢的格言！"奶奶气呼呼地说。她现在根本不想知道什么蓝莲花和看书的山羊，她只想烤饼干，但是没有眼镜她看不清菜谱。

"母鸡夫子曰：莫因不好的声音破坏美好的一天。"母鸡用温和的语调说完站起来走了，留下奶奶一个人继续找眼镜。

在儿童房里，弗里茨正坐在写字桌前写作业。

"母鸡夫子曰：智者应给自己放假，把作业抛在脑后。"

弗里茨抬起头，用审视的目光打量着母鸡。母鸡身上裹着奶奶的一条白色丝巾，张开双翅，昂首挺胸地站在沙发上，让天花板上的顶灯照射在自己身上，看上去就像一个顶着光环的传教士。

"我也想给自己放假呀，"弗里茨说，"但是这道数学题我实在搞不懂。题目是：马科斯和莫里茨去买糖果。马科斯买了五十六块糖，莫里茨买的糖是马科斯的二倍。现在他们两个人要把糖平均分配，使两人的糖一样多。请问

每人应该有多少块糖？我不知道该怎么算。"

母鸡从沙发上蹦起来，直接跳到写字桌上。

"我亲爱的弗里茨，"母鸡用一本正经的腔调说，"你太幸运了，在你面前站着的是一位极具悟性的母鸡夫子，一位来自遥远东方的、智慧的母鸡哲学家。我了解这个宇宙中的一切真理，知道世界上所有数学题的答案。"

母鸡说着，翅膀在空中比画了一个大圈，弗里茨十分敬畏地鞠了一躬。

"哈萨克斯坦①！"他惊讶地喊，"真正的哲学家！你能帮我解答一下数学作业吗？"

母鸡把头歪向一边，脸上露出温和的笑容："当然了，勤奋的弗里茨。"

母鸡夫子伸出"食翅"向上指着说："这么写——智者不会保留糖果，而是会把所有好吃的东西送给贫困的母鸡。"

弗里茨皱起眉头。"这是答案吗？我就这么写？"

---

①哈萨克斯坦：亚洲西北部国家，世界上最大的内陆国。

"写吧!"母鸡说,它沉浸在自己的角色里。

弗里茨在本子上写道:智者不会保留糖果,而是会把所有好吃的东西送给贫困的母鸡。

"很好。"母鸡夫子表扬说,"下一道题是什么?"

弗里茨翻着他的数学书,读道:"一个农民在花园里种了八棵苹果树。他从前三棵树上各摘了二十个苹果,从其他树上各摘了十二个苹果。做一个水果馅儿饼需要六个苹果,请问他摘的苹果够做多少个水果馅儿饼?"

弗里茨长叹一声,题越来越难了。但是母鸡摆摆手。

"母鸡夫子曰:聪明的农民不做水果馅儿饼,而是做水果泥。水果泥要好吃得多。"

弗里茨又写下了这句伟大的格言。

"比利牛斯①!"他高兴地大喊。他很久都没有觉得写作业这么轻松了。

"只剩最后一道题了!"他兴奋地喊。

"玛丽每周有三元零花钱。四十五天以后她想买一个

---

①比利牛斯:欧洲西南部最大的山脉,西班牙和法国的界山。

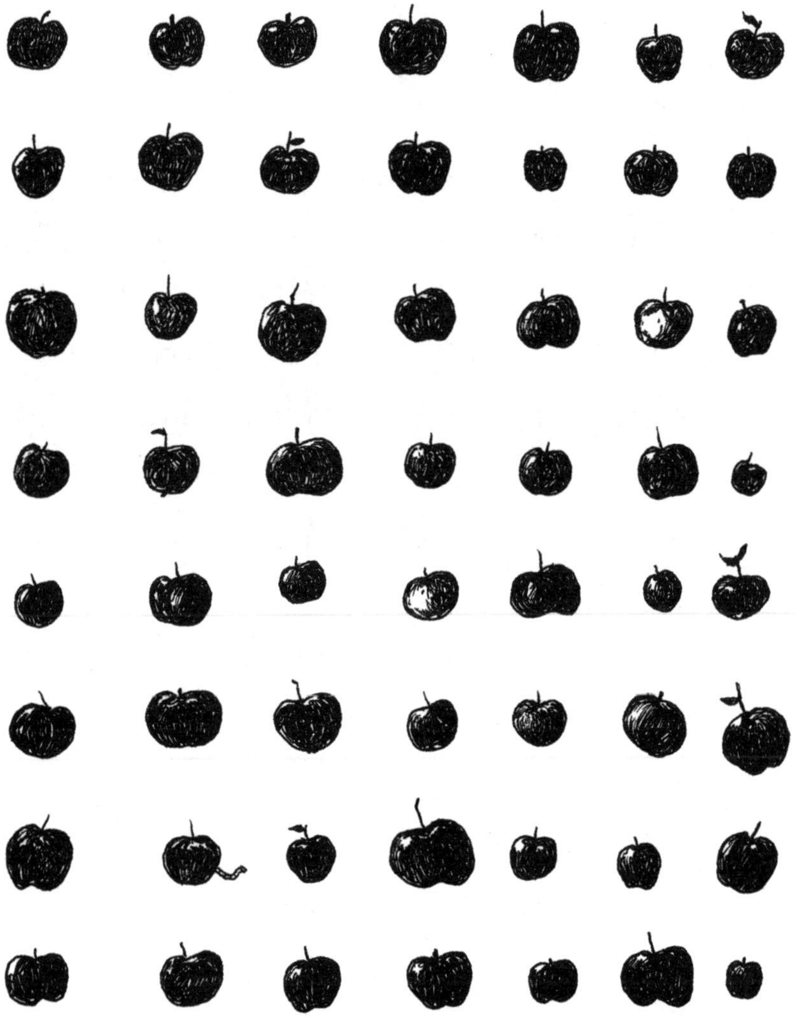

十五元的娃娃。买完之后还剩多少钱?"

母鸡想了想。"母鸡夫子曰:钱乃身外之物,人生真正的财富在于智慧。"

弗里茨欢呼起来。有这么一位充满智慧的母鸡做朋友,真是太棒了。明天老师检查作业的时候肯定会大吃一惊的。

她会说:"弗里茨,这次给你一个优,所有作业都完成了。棒极了!其他同学应该向你学习。你是真正的算术王!"

弗里茨还用彩色笔在最后一题的答案下面画了一条漂亮的标记线,然后他合上笔记本,从椅子上跳了起来。

"做完了!"他喊道,"走,我们出去骑一圈自行车!"

母鸡开心地点点头。"这是个明智的想法,因为通往开悟的小路是最适合骑车去寻找的。"说着他们就冲了出去。他们骑车去了拉姆鲍尔家的农场,在那里喂了小兔子,还在树林里搭了一个密室。然后他们又骑车回去,在玛娅家门口按响了门铃。

弗里茨问玛娅的爸爸,能不能让玛娅下来到院子里

玩一会儿,但玛娅的爸爸说:"她还在写数学作业。"

"对不起,要先学习后娱乐。"玛娅的爸爸说。

母鸡回应道:"母鸡夫子曰——最好马上娱乐,把作业留给别人做。"但是玛娅的爸爸已经转身进屋并关上了门。弗里茨和母鸡只能自己玩了,他们比了一场野蛮的足球赛,又玩了一局"十字戏",就到了吃晚饭的时间。这期间弗里茨一直满心欢喜地想象着明天老师会怎么表扬他,这个想法让他心情特别愉悦。

第二天弗里茨放学回到家,母鸡当然迫不及待地想知道情况怎么样。它和沃妮亚奶奶一起坐在厨房的桌子旁边,正在往自己的碗里盛豌豆汤。弗里茨犹豫了一下,然后回答说:

"一开始老师不高兴。她骂我说,这是什么乱七八糟的答案,问我到底在想什么。她还问我是不是想捉弄她。我告诉她不是,我跟她说写作业的时候有人帮我了,因为作业太难了。然后她问是谁帮我的,我就给她讲了母鸡夫子,说那是一位哲学家,拥有所有的智慧,对宇宙中的一切无所不知。"

母鸡露出满意的笑容,但奶奶向它投来了责备的目光。

弗里茨继续说:"老师喜欢母鸡夫子的故事。她笑了,然后把数学作业又给我们讲解了一遍,直到每个人都听懂了。最后她还说,今天的家庭作业是每个人都创造一些自己的格言。老师让我们把这些格言写在小纸条上,如果愿意的话,还可以把小纸条放进自制的幸运小饼干里。掰开饼干就能看到一张写着字的纸条。她从网上找到了这种小饼干的做法,已经给我们打印了。"

他手里挥舞着一张纸。

"幸运小饼干!"奶奶高兴地说,"让我看看!"

幸好她已经找到了眼镜,现在可以轻松阅读了。只见纸上写着——

"做幸运小饼干需要先把三个鸡蛋的蛋清打成泡沫状,加入六十克绵白糖搅拌均匀,再加入四十五克化开的黄油和六十克筛过的面粉,揉成面团。让面团静置一会儿。然后用小勺从面团中挖下两小团,用来做一个小饼

干。就这样两团两团地摆放在烤盘上,放入烤箱用一百八十摄氏度的炉温烘烤五分钟。在小纸条上写好智慧格言,折起来放在一个小面团上,然后迅速把两个面团合在一起,不要让面团破裂。把幸运小饼干放置冷却,就可以吃了。祝你胃口好!太好了,我们开始做吧,弗里茨!"奶奶喊道,说着就一阵风似的忙着去准备材料了。

"密西西比[1]!"弗里茨兴奋地拍着手,迫不及待地开始想智慧格言。

"密西西比!"母鸡也欢呼起来,然后得意地补充道,"母鸡夫子曰:松脆的幸运饼干是一个智慧故事最好的结尾。"这次,母鸡夫子说对了。

---

[1]密西西比:北美洲最长的河流。

## 第五章　低血糖母鸡

"我要马上吃一块酥皮点心!"母鸡一起床就说,"带馅的,最好来五块!我饿了,我要吃早点!"

"哦对。"弗里茨也附和着,从睡袋里跳出来,"我要一块奶酪酥条!"

他们跑进了厨房。沃妮亚奶奶刚刚从箱子里拿出了购物篮,把大钱包塞进马甲的口袋里,穿上了鞋。

"谁愿意跟我一起去买早点?"她边问边四处寻找家

国际大奖小说

门钥匙。

"我!"弗里茨喊道。

"我!"母鸡也喊。他们冲下楼梯往外跑去。

"那好,现在全体听令,上车!"奶奶说着,跨上大大的自行车,出发了。

"兰佩杜萨[①]!"母鸡高兴地喊,"酥皮点心和奶酪酥

---

[①]兰佩杜萨:地中海的岛屿。

条,多加香肠！早点师傅施曼诺夫斯基万岁！"

十分钟以后,他们到了施曼诺夫斯基的面包房。里面飘出新鲜出炉的面包和苹果蛋糕的香味。

奶奶伸手准备推门进去,这时一个小女孩蹦蹦跳跳地从他们身边经过,手里拿着一个大袋子,里面装着小熊橡皮糖、棒棒糖、牛奶糖、甘草糖、汽水粉和巧克力棒。

母鸡睁大了眼睛。

它羡慕地盯着那个女孩,说:"我突然不确定要不要吃点心了,是不是去超市买一袋糖果更好一点儿?我喜欢蜜桃味的橡皮糖。"

"石勒苏益格-荷尔斯泰因[1]！"弗里茨高兴地叫了起来,"我要巧克力香蕉棒！"

"石勒苏益格-荷尔斯泰因！"母鸡也欢呼道。

"我没意见。"沃妮亚奶奶说着,又骑上自行车蹬了起来。

超市离这里不远。先向右拐个弯,再向左拐个弯,然

---

[1] 石勒苏益格-荷尔斯泰因:德国最北边的一个州。

后穿过主广场就到了。他们跑进去,推开玻璃门直接冲到甜品架那里。

弗里茨抓了满满一把巧克力香蕉棒正要放进纸袋里,突然听到一声吓人的尖叫:"这个破超市!"

原来是母鸡的声音。"居然没有蜜桃橡皮糖!只有讨厌的、难吃的巧克力香蕉棒。不健康的玩意儿,它会吃坏你的胃,弗里茨!"母鸡严肃地清了清嗓子,开始长篇大论,说卫生局就应该立法禁止早餐食用巧克力香蕉棒。

"我建议,"母鸡在演讲结束时说,"我们去看望拉姆鲍尔先生,在那儿吃一些苹果泥——这是绿色健康食品,而且也是我的最爱。"

"我没意见,"沃妮亚奶奶说,"反正也不远。"

"伊拉克利翁[①]!"母鸡和弗里茨激动地齐声喊道。他们俩都很喜欢去拉姆鲍尔先生家。

去拉姆鲍尔家之前,奶奶还是给弗里茨买了一包巧克力香蕉棒,所以一路上母鸡都绷着脸,一句话也不说。

---

[①]伊拉克利翁:希腊克里特大区的首府。

但是他们今天不太走运。

"太不巧了!"沃妮亚奶奶说着,把自行车靠在篱笆上,指着房门。那里挂着一个牌子:"我去波利尼亚诺①玩沙子了。后天回来。拉姆鲍尔。"

"这么倒霉,"母鸡愤愤地说,"怎么能这么随心所欲!现在我这个可怜虫吃不到苹果泥了。苹果泥可是我的最爱,也是我唯一爱吃的早点啊!现在我走投无路了。我要饿死了。"

母鸡说完就向后倒在草地上,发出奄奄一息的呻吟声。沃妮亚奶奶担忧地弯腰看了看母鸡的脸,然后松了口气说:"它还活着。"

"也许,"母鸡用虚弱的声音说,"也许现在来一根巧克力香蕉棒会有用。"

但是弗里茨已经把一整袋巧克力香蕉棒都吃光了。

"那我就没救了。"母鸡抽泣着说。

弗里茨一下子变得难过极了,他转向沃妮亚奶奶求

---

①波利尼亚诺:意大利海滨小镇。

助,"还有什么办法吗?"他哀求着说。

"唉,"母鸡痛苦地叹了口气,"现在唯一能救我的,就是玩具!"

"印度尼西亚①!"弗里茨欢呼起来,他帮着奶奶一起把母鸡抬上了自行车。

他们骑车到了玩具商店,太高兴了,母鸡一下子就好了很多。

"快看,那个蓝色的大火箭,那就是我的救命药!"

沃妮亚奶奶很贴心地给母鸡买了蓝色的大火箭,还给弗里茨买了一台小玩具挖掘机。那是一台特别棒的挖掘机,绿色的机身,带一个黄色的大挖斗。虽然没有蓝色的火箭那么棒,但是已经够棒的了。

"切!"母鸡不屑一顾地说,"我可见过比这好的。弗里茨,你会后悔的。这台挖掘机真是个破玩意儿,只有挖斗可以动,其他地方都不能动。没意思,没意思,太……没意思了!你明白吗弗里茨?你这个小傻瓜,你挑了一个特别

---

①印度尼西亚:东南亚最大的国家,世界上最大的群岛国。

无聊的玩意儿,你知道吗?"

弗里茨怀疑地看着自己的挖掘机。

"这东西什么都不能干,里面连司机都没有。可怜的小弗里茨。"

母鸡一脸同情地看着他。

"是吗?"弗里茨不确定地问。

"当然了,一个超级没用的废物。但是你很幸运,亲爱的,有我这样的朋友你真是太走运了,因为我很同情你,我特别替你难过,所以我愿意牺牲自己来接收你这台没用的挖掘机。我是一只多么高尚的母鸡啊。对了,为了让你不至于一无所有而特别伤心,我还可以给你……"母鸡想了一下,"其实,亲爱的,你一定想不到,我会给你我最爱的玩具——我的阿多尼斯王子人偶!怎么样?怎么样?"

"但是你的阿多尼斯王子缺了一条胳膊。"弗里茨露出纠结的表情。

"呸!"母鸡说,"他这样看起来更酷。而且,哪有你这么挑剔的人?你用这么一台丑陋的挖掘机换来了阿多尼

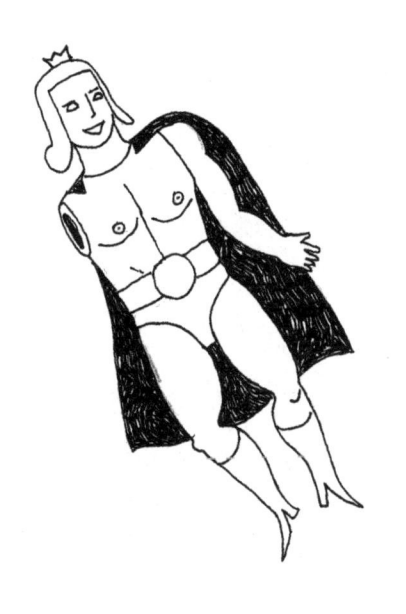

斯王子,这简直就是本世纪最划算的交换——至于多一条胳膊还是少一条胳膊,又有什么关系?"

"本世纪最划算的交换,真的吗?"弗里茨充满崇敬地问。

"百分之一千的划算!"母鸡一口咬定。弗里茨听了很高兴,让母鸡拿走了他的挖掘机。

"一回家我就把阿多尼斯王子给你。"母鸡承诺说,弗里茨听了更高兴了,他想立刻就回家。

"你这人也太任性了!"母鸡把翅膀叉在腰间评论说,"你可能忘了,亲爱的,我现在还饿着肚子呢!你这个吃货倒是一个人把所有的巧克力香蕉棒都吃光了，一根都没给我这个可怜虫留。而且,我也没有吃到拉姆鲍尔先生的苹果泥早点，所以我现在必须要立刻吃一个超大杯冰淇淋！"

"但是,"弗里茨小心翼翼地建议,"我们也可以回家吃呀。"

"对!"沃妮亚奶奶表示同意。她渐渐地有点儿受不了母鸡没完没了的特殊要求了。"我们回家,我给大伙儿做麦糁粥,加覆盆子酱和巧克力酱的。"

听到奶奶这些话,母鸡的肚子里发出咕噜咕噜的声音,但是母鸡可不想轻易放过他们俩。

"回家还有那么长的路,我坚持不到了。我太虚弱了,快要饿死了。我的肚子已经饿瘪了,只剩下最后一丁点儿力气了……"它用微弱的声音说着,又准备晕过去。

"那我们怎么办?"沃妮亚奶奶气呼呼地说。弗里茨耸了耸肩。母鸡以一个演技精湛的动作滑倒在地上,闭着眼睛仰面朝天地躺着。

"又来了,"奶奶不耐烦地叹了口气,"我早就应该想

到会这样。"

"它死了吗?"弗里茨小声问。

"顶多是昏迷。"奶奶安慰他说。她用敏锐的目光看了看母鸡,然后抿起了嘴,陷入思考。

"哦,"弗里茨担心地说,"我真不该那么贪吃,我要是把巧克力香蕉棒分给它一些就好了。"

陷入昏迷的母鸡眉毛稍微抬了一下,就像在对弗里茨的话表示无声的赞同。

奶奶双手叉腰,眼睛眯成了一条缝,然后用坚定的语

气说:"弗里茨,我们现在得实施急救——这是目前唯一的办法。"

母鸡的脸突然变得苍白。

"急救?"弗里茨疑惑地重复着。奶奶笑着冲他眨了眨眼,然后用故作严肃的语气说:"没错,我们现在不能再有顾虑了,这毕竟是生死攸关的事。你也想救你的朋友,对吧?"

弗里茨点点头:"当然了。"

母鸡紧张地咽了口唾沫。这是要干什么?奶奶继续说:"可能会疼一些,难免会流血,但是该做的还是要做。幸好它昏迷了,不会有太大感觉。"母鸡颤抖了一下。奶奶的话听起来很吓人、很危险,它真想问个清楚。但它还在"昏迷"中,所以只能静静地躺着听奶奶解释。"现在的情况很明显,就是急性重度低血糖,弗里茨。现在我们可能得切除它身体的一个或几个部位,这样才能让有限的糖分留存在重要的器官中!"

"切除?!"弗里茨不知所措地盯着奶奶。

"对,你知道吧?切掉,用锯子。该做的事必须做,毕竟

我们想要保住可怜的母鸡的一条命。"她狡黠地眨了眨眼,暗示弗里茨配合表演。母鸡开始出汗了,但是它没有动。

"另外我们还得给它打至少十针,注射糖水,让它恢复力气。幸好我的手提包里碰巧有锯子和注射器。不过旧电锯生锈了,但我们现在也顾不了那么多了。"

奶奶微微一笑,弗里茨也偷偷笑了一下,他渐渐明白奶奶的意思了。

他说:"不过这可是个超大号注射器啊,针头至少有一米长!"说完,他高兴地看到沃妮亚奶奶冲他点点头,她的目光好像在说:就这样,继续!

"肯定会疼得要命。"弗里茨说。

"肯定的。不过我们的母鸡现在昏迷着,它感觉不到的,所以放心吧,弗里茨。咱们开始吧!"

母鸡浑身发抖,开始冒汗,但仍然紧闭双眼,强装镇定。

沃妮亚奶奶从手提袋里拿出一支自动铅笔,数着一二三,然后轻轻扎向母鸡的翅膀。随着一声惊恐的尖叫,

母鸡嗖地蹦了起来,瞪大眼睛,喘着粗气,使出浑身力气怒吼道:

"你们不会是真想这么干吧?你们这些不负责任的江湖庸医!你们要把我这只可怜的母鸡给切了!哦神啊,救救我吧!这种事真是闻所未闻!"说着,母鸡真的昏了过去。

弗里茨笑了,奶奶也笑了。他们捂着肚子笑啊,笑啊,笑个不停,一直到回到了家,坐在桌边准备喝麦糁粥的时候还在笑。母鸡这会儿总算苏醒过来,开始宣泄它的愤怒:"你们这些诡计多端的坏人,这么吓唬敏感的我!刚才你们就应该给我喂甜品!吃甜品会有用,你们知道吗?棉花糖、巧克力草莓冰淇淋、橡皮糖、杏仁糖、香蕉果冻、香草奶油蛋糕、果酱包、烤杏仁、苹果蜜饯、巧克力蛋糕、巧克力棒、曲奇饼干、果酱煎饼……随便什么都行!最重要的是,必须是非常不健康的食物!但你们却偏偏想锯掉我的腿,你们都疯了!"

奶奶咧嘴笑了。

弗里茨在母鸡的嘴上亲了一下。

"对不起。"他说。

"好吧,"母鸡表现得很有度量,"谁让我脾气那么好呢?"它叹了口气,开始摆弄它的新玩具。

"对了,"它想起来了,"我还想要一大份麦糁粥,请加七勺巧克力酱!"

# 第六章 "弗玛母"和拉姆鲍尔绑架案

"迷迭香面条！"母鸡高兴地把一条大餐巾围在脖子上。沃妮亚奶奶把热气腾腾的平底锅端上餐桌，放在弗里茨面前，充满期待地看着他。但弗里茨什么都没说。奶奶皱起眉头。奇怪，迷迭香面条可是他的最爱啊。母鸡也用疑惑的眼神看着弗里茨。他没有高兴地喊"法利拉基①！"，

---

①法利拉基：希腊罗得岛上著名的旅游胜地。

没有激动地大叫"加德满都①",也没有欢呼"莫桑比克②",这可不像弗里茨平时的作风。

他只是坐在那里闷闷不乐地盯着空盘子。

"你还好吗?"奶奶摸了摸弗里茨的头发,问,"你不会是病了吧?"

"没有。"他一脸悲伤地摇摇头。

"说吧,"奶奶温柔地劝他,"出了什么事?"

弗里茨叹了口气,下定决心开始讲:

"是这样,我们班那个南方人罗伯特和那个野蛮的曼弗雷德今天组建了一个小团体,他们取名叫'酷小子'。这是个男孩的团队,四年级二班的所有男生都加入了,还有一班和三班的几个人。"

沃妮亚奶奶点点头。她猜到了弗里茨后面要说什么。"你没有加入?"她猜测着问。

弗里茨点点头。

---

①加德满都:尼泊尔首都。
②莫桑比克:非洲南部国家。

"是啊，"他说，"不过……其实我是可以加入的。他们只要男生，因为女生是酷小子的敌人。但是，玛娅又是我的好朋友。"

"明白了。"奶奶说。她皱起了眉头，把嘴嘬成一

个尖,努力思考着。

"这确实是个问题。"

"根本不是问题!"母鸡激动地喊。

弗里茨惊讶地抬眼看它。奶奶也很好奇,因为通常能想到好办法的人是奶奶。

"太简单了!"母鸡解释说,"弗里茨你太走运了,告诉你,昨天我恰好也组建了一个小团体。太巧了,是吧?你猜怎么着?我允许你们加入。你们两个。玛娅和你。你们都可以加入我的队伍!"母鸡得意扬扬地把双翅交叉在脑后,它对自己这个好主意感到非常骄傲。

"波波卡特佩特①!"弗里茨高兴地蹦了起来,一下子搂住了母鸡的脖子,"谢谢!"

"哦,亲爱的,我真是一只又善解人意又聪明绝顶的母鸡,你说是吧?"

说着它吃了一大口迷迭香面条,奶奶和弗里茨也津津有味地吃了起来。

---

①波波卡特佩特:位于墨西哥境内的火山。

饭后弗里茨立刻就给玛娅打电话,要给她讲这个好主意。玛娅很快就过来了,这个小团队的成员就在儿童房里聚齐了。

"咱们到底是个什么样的小队呢?"弗里茨打听道。

母鸡舒展地坐在窗台上,脸上带着神秘莫测的微笑。"侦探小队!"它说着,用神秘的眼神打量了一下四周。

"真的吗?就像侦探片里演的那样?"弗里茨喊道。母鸡点点头。

"那我们应该叫什么呢?"玛娅好奇地问,"我是说,每个组织都应该有个名字。"

"炫酷超级母鸡和它的侦探朋友们!"母鸡说。

"这名字太难听了。"玛娅说。

"可惜你说了不算。"母鸡抬起头,不可一世地说,"我是头儿,我来决定。"

但是玛娅没那么容易屈服:"要不这样,我们每个人提一个建议,然后投票?"

弗里茨想到了一个主意:"我觉得就叫聪明神探三人组。"他说。

"我想叫……"玛娅想了想,说,"我觉得我们应该叫弗玛母。你们明白吗?弗代表弗里茨,玛代表玛娅,母代表母鸡。弗玛母,听起来多有意思。"

"哈,是啊!"弗里茨鼓起掌来,"我给你投一票,玛娅!嘿,坏家伙,你们小心点儿,我们是弗玛母!"他高兴地说唱起来。他觉得玛娅的主意太棒了。但母鸡对此并不太感兴趣,主要是因为在"弗玛母"中,母鸡的"母"排在最后。但是玛娅说,这样安排是有原因的,这表示当队伍中的其他人不知道该怎么办的时候,由母鸡来拿主意做最后的决定,因为毕竟它是头儿,是整个西半球最聪明的母鸡。母鸡对这个解释表示满意,同意了这个新名字。

"现在我们还需要一个秘密据点。"玛娅认真思考着说,"侦探小说里那些真正的小队都有一个其他人不知道的碰头地点。比如一间树屋,一辆房车,一个洞穴,类似于这种。"

"有道理。"母鸡点头同意,"你们真该庆幸有我这么一个全宇宙最优秀最聪明的队长,我已经有主意了。弗里茨你还记得吗,我们前几天刚刚在拉姆鲍尔先生家旁边

的树林里建了一个密室。"

"哦,对呀!"弗里茨想起来了,"那个密室简直就像是专门为弗玛母准备的。走,去拉姆鲍尔先生家!"

"噢耶!"玛娅和母鸡齐声喊道,说着他们就骑上自行车出发了。

大约一刻钟之后,他们来到了拉姆鲍尔家左边的林间小道。他们把自行车放在一边,扒开矮树丛向里走了几步。

"那儿!"弗里茨说着指向前面,"就在那儿。"

矮树丛看起来就像一个巨大的树叶山。在两大堆厚厚的树叶中间,弗里茨和母鸡用树枝搭了一个小屋,然后盖上了一层厚厚的树叶,只在后面留有一个小小的入口。隐蔽工作做得很好。玛娅喜出望外。

"这是我见过的最酷的组织据点!"她激动地喊。

他们爬了进去。里面的空间刚好够他们三个紧紧围坐在一起,很舒服。

"现在,"玛娅宣布,"我们是一个真正的团体了。"

"而且还是最棒的,超过所有人的想象。"弗里茨在一旁附和着,他兴奋得满脸放光。

母鸡也点头表示赞同。"那帮酷小子们可以靠边站了。跟我们相比,他们那纯粹是小孩子过家家。"

他们笑了。"现在我们需要一个案件。"玛娅说,"我们可是侦探呀!"

"马尔代夫①!"弗里茨欢呼。

"马尔代夫!"母鸡也欢呼,"一起银行抢劫案,或者入室盗窃案,或者一位富豪神秘失踪,或者有人发现秘密宝物,或者暴力绑架勒索赎金!"

"没错!"玛娅说。弗里茨激动得背后一阵发凉。

但是怎么才能找到一起真正的案件呢?

---

①马尔代夫:南亚岛国。

玛娅有办法了:"我们只需要等待,总会有事情发生。如果我们观察得足够仔细,我们就能认出:对,那就是一个案件。一个真正的、需要侦破的案件。"

母鸡认可地点点头。"你解释得好极了,我亲爱的玛娅。我对你很满意。"

于是他们就等着。过了一个小时又一个小时,案件还是连影子都没有。

他们玩了一会儿猜谜游戏。很快到了傍晚,狭小的树叶洞里慢慢变得不那么舒服了。弗里茨的腿麻了,母鸡开始发牢骚,玛娅后背酸疼,而且他们三个的肚子都开始咕咕地叫。终于,母鸡想到了本世纪最好的点子。

"我现在有一个本世纪最好的点子!"它骄傲地宣布,"我们跑到拉姆鲍尔先生家,向善良的拉姆鲍尔先生要一碗苹果泥,在他的小屋里舒舒服服地享用一下。你们觉得怎么样?"

"亚平宁①!"弗里茨喊道,话音没落,他已经爬出了

---

①亚平宁:南欧三大半岛之一,也称"意大利半岛"。

小屋。

"看,你们有个聪明的队长,是吧?"母鸡高兴地说,"哦,我真是太机智了!"大家都为这个想法感到高兴。于是他们离开了组织据点,沿着小路往回跑,奔向拉姆鲍尔家的院子。但是母鸡突然停了下来。

这是怎么回事?拉姆鲍尔家所有的窗户都黑着,看不见人。看来拉姆鲍尔先生不在家。

"奇怪,"母鸡嘀咕道,"没有留纸条,这不像是拉姆鲍尔先生的做法呀。"

如果拉姆鲍尔先生出门,他通常就会在大门上贴一张纸条,上面会写"我在羊圈里数羊,马上回来"或者"我去迪斯尼乐园了,回头见",或者留下其他什么信息,好让人知道:拉姆鲍尔还会回来。但是今天没有纸条,没有任何信息,什么也没有。

"情况有点儿可疑。"母鸡说。他们走进屋里,打开灯,看到一片狼藉。很明显,这里出事了!地上散落着靴子、袜子、帽子、大衣、工作服、牛仔裤、一面破碎的镜子、一把梳子、几件印花衬衫、一支黑色的化妆笔、几条腰带,还有一只空酒杯,横七竖八满地都是东西。而且,在这一堆杂物中间还有——一把手枪。三个朋友屏住了呼吸。

"同志们,"母鸡用低沉的音调说,"我认为,这里发生了一起案件。没错,毫无疑问,我们的拉姆鲍尔先生被绑架了。"

"弗克拉布鲁克[①]!"弗里茨脱口而出。

"我们的第一起案件!"玛娅激动地摇晃着身体。

"我们应该立刻回家告诉奶奶。"母鸡建议。

"胡说!别忘了你可是一名专业侦探。"玛娅说,"我们必须要寻找线索,弄清楚这里到底发生了什么。"说着她已经怀着满腔热情开始搜查整个农庄。还不到两分钟,她就手舞足蹈地跑过来。

"看呀,我发现了什么!"她手里挥舞着一张小纸条。

"看起来像是索要赎金的纸条。"弗里茨说着开始读,上面写着"海盗——狂欢节装备"。

"拜托!"母鸡尖叫道,"这不是索要赎金,弗里茨。这

---

[①]弗克拉布鲁克:奥地利城镇。

是一张名片。而且不是随便什么人的，是他的！你明白吗？"

弗里茨摇摇头。

"我的天哪，狂欢节装备，我想我要疯了！"母鸡焦急地摩擦着它的尖嘴，"同志们，同志们，要我怎么跟你们说呢？现在我们面对的不是一个普通的罪犯。不，亲爱的朋友，是那个十恶不赦的坏蛋干的——一个穷凶极恶的、残忍的、肆无忌惮的海盗船长，代号'狂欢节装备'。这个写着他名字的纸片就是证据。"它指着那张纸条。

弗里茨惊讶地张大了嘴。

母鸡继续说："他肯定是要警告我们，弗玛母，你们要小心点儿，狂欢节装备不是好惹的！是的，小弗里茨。他会切下你的鼻子，蘸着李子酱吃掉，你都来不及说'吉布提①'。相信我，我们应该离开这里！"

"绝对不可能！"玛娅表示反对，"真正的侦探是不会被这么一个不值一提的家伙吓跑的。难道你害怕了，超级

---

①吉布提：东非国家，全称"吉布提共和国"。

母鸡?"

"我?"母鸡生气了,"不!当然不是,你想哪儿去了,我只是……"

"那就好!"玛娅打断它,接过了指挥棒,"纸条上还写了什么?"

弗里茨又仔细地看了看。"没有了,"他说,"只有海盗的名字,还有一个数字:二十二点五欧元。"

"赎金价格!"母鸡激动地说,"还有这个!"

弗里茨不知道什么叫赎金,母鸡给他解释说:"就是那个狂欢节装备索要的钱。得不到这些钱,他就会咬下拉姆鲍尔先生所有的脚趾。也许拉姆鲍尔先生明天一早就会被放回来。如果他发现我们在这里,而我们中又没有人为他付那二十二块五,那……我的天哪!我简直不愿意去想!"

"但是,如果真的没有人给他付赎金呢?"弗里茨担心地说,"可怜的拉姆鲍尔先生会怎么样?我们可不能不管他啊。"

玛娅坚定地点点头:"说得对!"她在自己的马甲口袋

里翻了翻,掏出一张皱巴巴的二十元纸币。

"给,"她说,"这是我那份!"

"二十块!"弗里茨惊讶地说,"你哪儿来这么多钱?"

玛娅呵呵地笑着说:"我跟那个野蛮的曼弗雷德打赌,说我掰手腕能赢他。然后我真的赢了。"她大笑起来。

弗里茨也笑了:"他活该。这下他知道不让女孩进他们队伍是什么后果了。"

然后他也在裤子口袋里摸索。

"我还剩下两块,是上次的零花钱。"他说。

"只差五毛了。"

母鸡挥舞着胳膊,用故作高贵的夸张姿态拿出了一个五毛硬币,当然没有忘了强调自己是多么高尚,多么慷慨大方地做出了伟大的牺牲。这样,钱终于凑齐了。

现在他们要商定一个计划。

"我们把赎金放在桌上,但只是当个诱饵。等那个狂欢节装备伸手要拿赎金的时候,我们就从背后发起突然袭击,紧紧抓住他。然后我们打电话报警,警察会把那个恶棍关进监狱。当然了,我们得先让那个坏蛋告诉我们,他把拉姆鲍尔先生藏在哪儿了。"

"符拉迪沃斯托克①!"弗里茨喊道,"就这么办!"

按计划,钱放到了餐桌上,就放在名片旁边。他们关了灯,埋伏起来。母鸡已经事先把刚才在一堆衣服中扔着的那把枪拿在了手里,玛娅从工具棚中拿了一条粗绳子,弗里茨在一个大桶里装满牛粪和猪粪,然后他们藏好等着。整个农场被笼罩在一片阴森森的气氛中。外面天早已暗了下来,小房子里几乎漆黑一片,脆裂的木头发出咔咔的响声。突然间,他们听到了院子里传来沉重的脚步声。接着房门慢慢打开了,发出嘎吱嘎吱的声响,有人拖着脚步慢腾腾地走进房间。在一片昏暗中,没办法看清那人的

---

①符拉迪沃斯托克:俄罗斯港口城市。

脸，只能看到是一个男人的身影，但是可以很清楚地看到一把锋利的、弯弯的大刀在他手里闪闪发亮，还能看到他头上戴着一顶黑色的、带有骷髅图案的海盗帽子。

"狂欢节装备！"弗里茨压低声音说。

母鸡一头栽倒在地，晕了过去。

"行动！"玛娅喊着冲了上去，手里的绳子已经系成了一个索套。她一下子就套住了那个坏蛋，把他捆在壁炉边上。同时弗里茨跳了出来，把沉甸甸的粪桶和里面臭烘烘的东西一股脑儿地扣在了那个恶棍头上，那人被吓得不知所措。

"哎呀，该死！"他们听到海盗破口大骂，"见鬼！你们脑子进水了吗？"

他气得大叫。但是他们还是没有看到他的脸。因为那个人的头还塞在桶里，大桶一直扣到了他的肩膀上。

"呸，混蛋！见鬼，你们这些小屁孩儿，你们想干什么？！"

"狂欢节装备"咆哮着，咒骂着，但是他无法挣脱。这时母鸡终于苏醒过来，它打开了灯。就像电视里的那些大英雄一样，它站在大喊大叫的坏人面前，命令它的队友们："把桶拿下来！"

弗里茨服从了领导的命令。海盗船长露出了那张沾满牛粪和猪粪的、气歪了的脸。但是——弗里茨愣住了——这张脸看起来有点儿眼熟。

"你们脑子都进水了吗？"

是拉姆鲍尔先生的声音。

"这是干什么？我的天，弗里茨，是我啊！"

这时他们认出了他。"拉姆鲍尔先生！"弗里茨喊道，"你还活着，太幸运了！你是怎么逃出来的？噢，我太高兴了，他没有把你怎么样吧？"

玛娅数了一二三，给可怜的拉姆鲍尔先生松了绑。拉姆鲍尔先生完全听不懂他们在说什么："谁没有把我怎么样？"

"就是那个海盗！"弗里茨激动地喊，"他把你给藏到哪儿了？快讲讲！你去哪儿了？"他想知道一切。

"去……教会礼堂。"拉姆鲍尔先生结结巴巴地说。他还是一头雾水，边用湿毛巾擦着脸上的脏东西边说："去

化装舞会了。"

"这个藏匿点可真是不一般啊！"母鸡惊讶地喃喃自语。

"什么藏匿点？"拉姆鲍尔先生摇摇头。他现在才看见那把手枪，更加不知所措地看着他们。

"那只鸡拿着我的仿真枪干吗？你们也想化装吗？你们到底在搞什么鬼名堂？"

然后，他们给拉姆鲍尔先生讲了整件事的来龙去脉。他们是一边吃着苹果泥，喝着加蜂蜜的热牛奶一边讲的。当他们讲到狂欢节装备和索要赎金的部分，拉姆鲍尔先生突然忍不住放声大笑。他拍着大腿，嚯嚯的笑声震得墙都摇晃了。"狂欢节装备？哈哈哈！太有意思了！"

他们爬上拖拉机，把自行车挂在拖车上。拉姆鲍尔先生笑了一路，一直笑到把他们送到奶奶家。奶奶打开了门，用审视的目光打量着这个小团体。

拉姆鲍尔先生说："有一点可以肯定，谁要是跟弗玛母过不去，就绝对不会有好果子吃的。"他就此告别，说着又笑了。

拉姆鲍尔先生笑着坐上了拖拉机,突突突地开走了。

"好棒的一次历险!"玛娅满意地说。

"好棒的一次历险!"弗里茨也说。

母鸡什么也没说。它已经筋疲力尽地在奶奶的怀抱中睡着了。

国际大奖小说

# 第七章　巧克力蛋糕押韵游戏

"弗里茨,坐椅子;作曲家,羊尼尼;我来问问你,今天星期几?"

弗里茨莫名其妙地看着母鸡。"星期几?"他想了想,"星期四,十五号。"

母鸡美滋滋地说:"完全正确,葵花点穴;现在注意,我考考你！周四说话要押韵,这样才能交好运！母鸡诗人就是我,你知道吗小果果！"

"我不叫小果果！"弗里茨说,他完全听不懂母鸡在说什么。

"那就不叫,亲爱的笑笑！"母鸡继续押韵地说,它边说边扑腾着翅膀在屋里转来转去。"一颗豆豆两颗米,下一个就轮到你！"它咯咯地叫着,兴奋得在屋里一蹦一跳。弗里茨只是用手指敲着脑门儿。母鸡显然是精神失常了。

"你要疯了！"他说。

"噢,我要疯,不倒翁！"母鸡喊着,冲出门去跑向沃妮亚奶奶。弗里茨也跟了过去。

沃妮亚奶奶正在做俯卧撑。

"奶奶,"弗里茨说,"母鸡神经错乱了！"

"神经错乱,葡萄一串。"母鸡又高兴地叫起来。奶奶抬起头。

"今天是个歌谣日,母鸡诗人有很多事。这个日子从哪儿来?都是因为我太有才。大诗人,说了算,大家都得这样办！"

"看见了吗?"弗里茨喊道。奶奶若有所思地打量着这两位,然后她眼睛一亮,脸上露出调皮的表情,嘴角突然扬了扬,开心地笑了。

"一、二、三,彼得·潘!"她说着笑了起来。

"噢,不!"这不可能。弗里茨用手拍了下脑门儿。难道现在他们俩都疯了吗?

"矿泉水,胆小鬼!"奶奶咿咿地笑着说。

"鹅肝酱,非洲象!"母鸡回应道。它也咿咿地笑了。

弗里茨赶快跑去给玛娅打电话。也许她知道该怎么对付一位疯了的奶奶和一只神经错乱的母鸡。

"你好,大宝。"他听到电话里说。

"你好,玛娅。不过,我不是大宝。是我,我是弗里茨。"

"开个玩笑,蹦蹦跳跳。"电话另一端说。

"你说什么?"

"你说神马,哈利路亚。"玛娅说。

"哦不。"弗里茨哀叹道,"不会吧,你也这样!"

"你也这样,小狗汪汪。怎么啦,阿凡达?"

"我叫弗里茨,不叫阿凡达!"弗里茨抗议道。

"无所谓,小宝贝。"玛娅说,"我知道,小螺号。"

"你得帮帮我。"弗里茨请求道。

"我过去,电视剧!"听筒那边答应道,然后电话挂断了。四分钟之后,玛娅就站在了弗里茨家门口。

"什么事,小同志?"她问道。

弗里茨摇了摇头。他指了指厨房。沃妮亚奶奶和母鸡在做早操,还胡言乱语地聊着一些听不懂的话。

"俯卧撑,放风筝;练肌肉,花生豆;星星点灯,我俩抽风。"

"就一直这样,好半天了。"弗里茨满面愁容。

"看起来很好玩儿呀,不是吗?小傻瓜?"

弗里茨皱着眉头耸了耸肩。他不知道这到底是什么情况。"来吧!"玛娅想到一个点子,"我们一起来做个游戏!"

"好呀好呀,啦啦啦啦!"母鸡高兴地唱了起来。

玛娅开始讲游戏规则。这个游戏名叫"巧克力蛋糕押韵游戏",是这样玩的:

首先大家分成两组,沃妮亚奶奶和母鸡对玛娅和弗

里茨。

"好的。但是巧克力蛋糕押韵游戏当然得有巧克力蛋糕,否则没法儿玩。"玛娅继续说。幸好奶奶昨天刚刚烤好一个,于是巧克力蛋糕很快上了桌。

"太棒了!"玛娅说,"现在第一个人先想出一个词。"当然从母鸡开始,因为它是大诗人,它有决定权。

"小熊糖。"它说。现在玛娅和弗里茨必须找到一个与"小熊糖"押韵的词。在他们想好之前,奶奶和母鸡可以尽情吃蛋糕,能吃多少就吃多少,直到对方说出答案。

"小熊糖——喜羊羊!"弗里茨喊道。

"小熊糖——捉迷藏!"玛娅喊道。

"哇,这么快,大妖怪!"奶奶惊讶地说。母鸡觉得这很不公平,因为它还没来得及咬一口蛋糕呢。但这就是规则,反对无效。

"该我们了。"弗里茨说。他很高兴自己一下子就找到了押韵词。现在他要尽量想一个难一点儿的词给母鸡和沃妮亚奶奶。

"'麋鹿'怎么样?"

"很好。"玛娅说,"那就——麋鹿!"玛娅和弗里茨抓起了叉子叉向蛋糕。

"味道好极了!"玛娅含着满嘴蛋糕嘟囔着,而奶奶和母鸡则焦急地寻找着押韵词。

"大树!"奶奶高兴地说。她找到了一个。现在还差母鸡的。又过了一会儿,母鸡痛苦地看着弗里茨和玛娅在扫荡着美味的蛋糕。他们已经快吃掉一半了。母鸡很紧张,幸好它这时灵光一闪:

"芽露!"它高兴地喊。另外三个人一脸疑惑地看着它。

"芽露?"这是什么东西?

"芽露就是……"母鸡解释道,"你们可能没见过,是一种特别罕见的、好吃的植物。它极其稀少,少到除了我谁也不认识它。世界上只有唯一的一株芽露。或者准确地说,是曾经有过。因为前天我把最

芽露

后一株芽露当作甜点享用了。"

母鸡说完得意地笑了笑。

"你骗人!"玛娅气呼呼地说。但是她也无法证明这一点,于是只能勉为其难地算这个词通过。

现在该奶奶出一个词了。"情书!"她想好了,说着便美滋滋地把一大块巧克力蛋糕塞进了嘴里。玛娅立刻就有了对策:"情书——首都!"

"好。"奶奶点头表示认可。

弗里茨咬住了下嘴唇。

"真够难的。"他犯愁了。

母鸡幸灾乐祸地嘎嘎乐着,一边嚼一边大声地吧唧嘴。但这时弗里茨也想到了一个押韵词——"农夫!"他欢呼着,"情书和农夫押韵。高加索①!玛娅,我们真是太棒了!"

他们拥抱在一起。

"还有一轮。"玛娅说,"弗里茨,我希望你肚子里还有

---

①高加索:亚欧大陆黑海、亚速海与里海之间的广阔地区。

地方，因为我想剩下的蛋糕要归我们了。我有一个撒手锏。"

她使了个神秘的眼色。母鸡故作轻松，它说没有什么押韵词能难倒世界上最优秀的母鸡诗人，但它还是很想知道，玛娅到底想出了什么词。

"汤勺。"玛娅慢悠悠地说，她把每一个字都咬得清清楚楚。屋里一下安静了。奶奶和母鸡陷入沉思，玛娅和弗里茨则津津有味地品尝着蛋糕。他们给母鸡留了一小块，因为它一直满脸悲愤地看着他们。但这一轮的胜利非他们莫属了。

"我放弃。"奶奶说，"跟汤勺押韵的词我是无论如何也想不出来了。"

"富士山[①]！"弗里茨说，他笑着伸出了手掌。

"富士山！"玛娅喊着，跟弗里茨击掌庆祝。

母鸡小声嘀咕着，对他们这种坑人的伎俩表示不齿，还说弗里茨那么大声地吧唧嘴让它没办法认真思考。它

---

[①]富士山：日本第一高峰，著名火山。

宣布,诗人今天暂时搁笔了。

"歌谣日到此结束!"它一锤定音,谁也不许反对。

"我是母鸡大诗人,一切由我决定!"它说着骄傲地把双翅交叉在胸前。沃妮亚奶奶抚摸着它的羽毛安抚它,然后给每人倒了一小杯可乐。

"再过一星期就又到星期四了,真好!"

"是啊,"玛娅回答,"周四是歌谣日,到时候你们可以进行复仇之战!"

"为复仇之战干杯!"奶奶说着举起了杯子,"我真高兴,希望大家可以一起度过更多的歌谣日!有巧克力蛋糕,有大诗人。干杯,亲爱的伙伴们。干杯!"

大家热烈鼓掌。"说得真好,快要赶上大诗人的水平了。"母鸡笑着称赞说。

"干杯,玛娅!"

"干杯,弗里茨!"

"干杯,奶奶!"

"干杯,大诗人!"

"干杯!"

## 第八章　弗里茨和恐惧

"哦！这样啊,"奶奶说,"明白了……不,您照看他们俩我没意见。什么时候开始?哦,好的,同意。那一会儿见。再见。"

奶奶放下了电话。

"怎么样?"弗里茨激动地问。刚才沃妮亚奶奶跟玛娅的爸爸通电话时,他在一旁兴致勃勃地听着。"您觉得行吗?"

奶奶笑着说:"当然可以。为什么不行?"

"太棒了!"弗里茨两眼放光。

"什么事?"母鸡问。

"我们要跟玛娅的爸爸妈妈一起去森林野营!是真正的野营哟,有篝火,要过夜的。"弗里茨高兴地说。

"太棒了!"母鸡也欢呼着,还跳了一小段母鸡欢乐舞。

沃妮亚奶奶马上开始收拾这次野营需要的东西,把它们都塞进一个背包里——雨伞、便携小刀、牙刷、手电……而弗里茨在一旁焦虑得坐立不安。这将是他第一次睡在帐篷里,其实这也是他第一次在没有沃妮亚奶奶的地方过夜。他太激动了,根本没办法安静地坐下来。

我要是害怕了怎么办?

"我要是害怕了怎么办?如果我半夜要上厕所,又不敢出帐篷怎么办?我要是尿裤子了怎么办?"

奶奶冲弗里茨笑了笑。她想说些安慰的话,想告诉弗里茨害怕没什么丢人的,因为每个人都有害怕的时候。奶奶讲这种话总是能讲得很在理。但是这次母鸡的话来得更快一点儿。

"亲爱的弗里茨!"它把翅膀放在弗里茨的肩膀上,像个绅士一样拍拍他。

"你这次又这么走运,因为你的朋友是一位母鸡冒险家,一只整个西半球最勇敢的母鸡。有我在身边你不需要害怕任何事、任何人。我熟悉各种危险状况,亲爱的。我曾经给鲨鱼刷过牙,给狮子涂过指甲油,去熊洞里拜访过强盗头子,在马戏团里当过活体炮弹,还作为母鸡特工与敌方间谍在一架喷气式飞机的机顶上决斗过。我曾经在长达几个月的时间里独自在哥斯达黎加的雨林中研究毒蛇,在拳击赛中赢过巨人,在冒着烟的波尔卡火山边上跳过舞,在幽灵舞会上和无头的海员比过放屁。跟我在一起你一定会安然无恙的!"

弗里茨惊讶地张大嘴,呆呆地站着。

"我从来都不知道,你有过这么多的冒险经历!"他震

惊地说。

"是的!"母鸡肯定地说,"有些事情你的确不知道。"

奶奶偷偷笑了,她调侃说:"比如你害怕哈劳尔老太太家猎犬的事。"

母鸡觉得受到了侮辱,它抗议道:"才不是呢,奶奶,哈劳尔老太太是个撒谎的坏蛋!真的!其实情况是这样的,是那只狗怕我,因为我这只好心的、善良的母鸡,同情那个可怜的胆小鬼,所以我总是远远地绕着它走,让它见不到我,省得那只傻乎乎的猎犬被我吓死。您明白吗?"

"明白了,"奶奶点点头,"你是一位勇猛的母鸡冒险

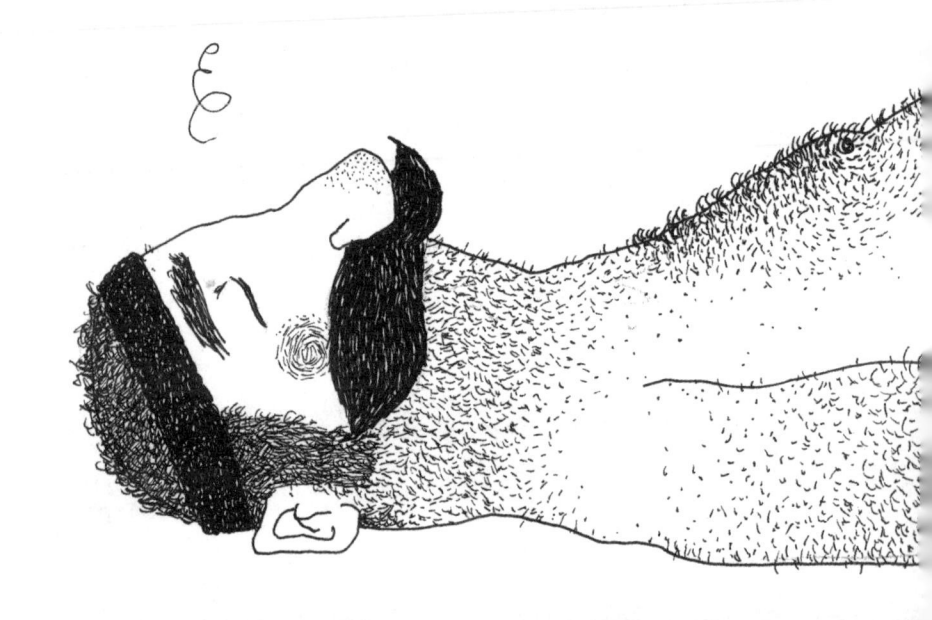

家,你根本什么都不怕。""没错!"母鸡言之凿凿。

"那好吧,"奶奶说,"那这次森林之夜活动真是太适合你了。"

"当然了!"

"那里会有沙沙的声响,一片漆黑,还有一些动物。"奶奶补充说。

"没问题!"母鸡满不在乎地说。

"菲沙门德①!"弗里茨喊道,他激动得声音都有点儿变了,这一切听起来太刺激了。

这时,门铃响了。玛娅和她的父母已经来接弗里茨和母鸡了。

奶奶小声对着弗里茨的耳朵说:"别担心。"然后摸了摸他的脸。"肯定很好玩儿。你要是害怕了,就告诉玛娅的爸爸妈妈。他们会照顾好你们的。遇到紧急情况也可以给我打电话。"

弗里茨感激地点点头,上了车。车上已经塞满了行李,他们三个挤在狭窄的后座上,弗里茨坐在玛娅和母鸡中间。

"再见!"奶奶在后面一直挥着手,目送车子拐了弯。他们向着山谷和水库的方向一直开。弗里茨很高兴,弗玛母团队又要开始一次新的历险了。在路上他给玛娅讲了母鸡冒险家所经历过的那些不可思议的故事,母鸡在旁边不时地补充一些轶事,比如那个在恐怖森林里度过的

---

①菲沙门德:奥地利小镇。

夜晚,那次据说母鸡遇到了各种各样的怪物。

玛娅翻了个白眼。

"当然了!"她微笑着说,"你真是个无敌的、勇敢的英雄!"说着向它鞠了一躬。

"嗨,"母鸡一脸得意地摆摆手,"告诉你们吧,在黑暗的森林里过夜对于一位真正的冒险家来说就像度个假一样,无非就是几个狼人、几伙臭烘烘的强盗、一些毒蜘蛛和到处游荡的无头鬼,这些顶多也就能让我打个哈欠。"

它停顿了一下,然后用忧心忡忡的语调对弗里茨说:"但我现在毕竟还是队长,所以我得照顾你们两个。到时候可能会突然有一只凶巴巴的、长着尖牙和尖爪的大狐狸站在你们面前,或者一个穿得破破烂烂的、眼睛像巫师一样发光的老人要切掉你们的手指,或者一个蒙面人手里拿着明晃晃的尖刀尾随着你们,那你们当中的一个就会吓得浑身发抖。要是那样的话,我们还不如现在返回去,在我们温暖、柔软的床上过夜。对吧?你们不会害怕的,是吗?"

弗里茨发誓要勇敢。玛娅只是摇了摇头。现在她已经

习惯母鸡这样胡说八道了,不像以前那么当真了。

汽车又沿着一条小路开了一会儿,就到了野营的地方。在他们面前有一片草地,上面有一间舒适的小木屋和一小堆点篝火用的木材。草坡后面是森林,森林的旁边是波光粼粼的水库。

"太美了!"玛娅的爸爸伸展了一下双臂,从后备厢里把重重的背包拿出来。今晚他和玛娅的妈妈会在小木屋里睡觉,玛娅、弗里茨和母鸡睡在后面湖边的一个三人小帐篷里。

"太美了!"弗里茨也感叹道,玛娅点点头。这里确实是个漂亮的地方。他们支好帐篷,打开睡垫和睡袋,把背包摆放好,然后就换上泳衣,蹚进了冰凉的水里。他们扔石子,玩捉迷藏,在附近探索,而玛娅的爸爸则准备点燃篝火。

一转眼就过了三个小时。天很快就要黑了。

"篝火晚会开始!"玛娅的妈妈喊道。玛娅和弗里茨兴冲冲地跑上小山,母鸡也跟过来。晚餐有炸小香肠和烤西葫芦,还有面包棍和里面塞了巧克力块的热香蕉。玛娅的爸爸用吉他弹了几首牛仔歌曲,然后大家开始讲笑话,看着火花在黑暗的夜空下跳跃。气氛欢快热闹,大家乐在其中。但是有一位不太高兴。与大家相反,母鸡静静地、蔫蔫地坐在一个树桩上,沮丧地一会儿看看篝火,一会儿看看身后黑漆漆的森林。

"怎么了?"玛娅的妈妈看到母鸡这么坐着,问道,"你累了吗?"

"不!不!不!"它赶紧回答,"我还很清醒,我们今天其实根本没必要睡觉。我们可以整宿在这里围着明亮温

暖的篝火，大家坐在一起。这样多好啊！比下面冷冰冰的帐篷好多了。"

但是这当然不行。玛娅的爸爸看了看表，然后严肃地说："睡觉时间到！现在已经十二点多了。"

"鬼怪出没的时间。"玛娅说着大笑起来。

她和弗里茨还一点儿都不困，所以他们蹲坐在帐篷里的睡垫上，面前放着一些糖果，舒服地享受着这惬意的时光。他们吃着小熊糖，聊着学校的老师，最后终于开始在台灯幽暗的灯光中讲起了恐怖的鬼故事。大无畏的母鸡坐在旁边，捂住了耳朵。弗里茨用颤抖的声音阴森森地说："然后她就来了，伸出一只苍白的、黏糊糊的手！"

玛娅觉得后背起了一阵鸡皮疙瘩，但她随即拍起手来。

"再来一个！"她兴奋地要求，"再讲一个故事吧！"

这时母鸡发出一声刺耳的怒吼："不！"它说："不行！结束！到此为止！现在睡觉！"语气异常生硬严厉。

它双翅交叉在胸前，端起了领导的架子，说："现在我还是队长，所以你们必须听我的。你们的鬼故事太无聊了,而且世界上根本没有什么苍白的、黏糊糊的手。你们听明白了吗?你们讲的一切根本、压根儿、完全没有。那都只是故事,知道吗?纯属虚构的愚蠢故事,聪明的母鸡是不会听的。所以别拿这些故事来烦我,我要睡觉了,明白吗?"

"好了好了,"玛娅安抚它,"不过我以为你更愿意整夜坐在篝火边呢。你刚才说过你还清醒得很呢,是吧?"

"说了又怎么样?"母鸡嘟囔着,"我现在确实困了。改主意总可以吧?"说完它就不作声地把头塞进了睡袋里。

"我无所谓。"玛娅让步了。弗里茨打开被子,蜷缩在睡垫上。玛娅依偎在他身边。跟她这么亲密地在一起,真是太美好了。

"晚安。"弗里茨对母鸡说,但是没有回应。

"晚安。"玛娅也说。

"晚安。"弗里茨说。

"晚安。"玛娅又说,然后弗里茨又说:"晚安。"

他们咻咻地笑了。就这样又过了一会儿,两个人都睡着了,沉沉地进入了梦乡,对夜晚周围森林中发生的一切

毫无察觉。没有听到猫头鹰的叫声,没有听到帐篷的窸窣作响,也没有听到树叶的沙沙声和嗖嗖的风声,所有的一切他们一丁点儿都没有感觉到。

因此他们也没有发觉,在黑暗中有一个东西开始在他们身边移动,慢慢地朝着弗里茨爬过去。等它来到弗里茨身边时,弗里茨才突然从睡梦中醒过来。一个柔软的东西挤到了他的手臂下面。他迷迷糊糊地把眼睛睁开一条缝,看了看他的胳膊肘。在透进帐篷的银色月光下,他惊讶地看到一只长满羽毛的母鸡的头出现在他的臂弯中。

"你干吗呢?"他吃惊地问。

"我……"母鸡停顿了一下,"我来保护你。"它小声说,然后紧紧地依偎在弗里茨身边。弗里茨忍不住露出了微笑。

"我也保护你！"他说着，紧紧地抱住了母鸡。

"谢谢……"母鸡说话的声音变得越来越轻，然后就只能听到呼噜声了。

第二天早晨，弗里茨很早就醒了。清晨温暖的阳光照亮了帐篷，在玛娅的脸上映照出斑驳的光影。她还在睡，母鸡也是。它还紧紧地靠着弗里茨，呼吸均匀而平静。弗里茨悄悄地向外张望了一下，草叶上的露珠就像珍珠一样闪闪发光，湖面波光粼粼，一阵凉爽的风拂过弗里茨蓬乱的头发。他的心感到无比舒畅温暖。这种感觉太美妙了，他决定把它留在记忆里好好珍藏。他想好了，要是什么时候再感到害怕，就想想这种感觉，想想这个一点儿都不害怕的夜晚。他还要想想玛娅，想想自己是多么喜欢她；也要想想勇敢的母鸡冒险家，想想自己在这个夜里保护过它。他觉得太幸福了，忍不住深深吸了一口气，欢呼了一声"吉隆坡[①]！"他的声音响彻这个温暖的早晨，就像樱桃树上的麻雀一样充满欢乐。

---

[①]吉隆坡：马来西亚首都。

## 第九章　奇妙的发现日

"你在干吗？"弗里茨坐在窗前,用一支彩笔在画纸上画着什么,母鸡在他身后好奇地看着。

"画我想要的礼物,"弗里茨简短地说,"因为马上就到我的生日了。"

"这样啊,"母鸡说,"那这是什么？"

它指着纸上一大片彩色的东西。

"我要画一个帐篷,"弗里茨解释说,"就像玛娅家那样的,至少能睡三个人的。我也想要一个那样的。"

母鸡思考着。"我也想要点儿礼物。"它说,"我什么时候过生日呢?是不是明天?"

弗里茨一脸茫然地盯着它:"你自己不知道吗?"

"我当然不知道,你这位聪明的小先生。一只母鸡怎

么会知道这个呢?也没人告诉过我。这真是太不像话了。我这么一个可怜的、弱小的生命,在这个残忍的世界上竟然连一个生日都没有!"

"对不起!"弗里茨感到很抱歉,"不过奶奶也许可以帮你。"

奶奶几乎无所不知,她总是有好主意。但是她也被这种特殊情况难住了。

"说实话,我不知道你什么时候出生的。你是我有一天早晨在报刊亭旁边发现的,当时你躺在一个盒子里。"她说着,擦了擦眼镜,"你当时羽毛残缺不全,快要冻僵了,我把你带回家里,给了你几颗谷粒。那是在弗里茨七岁生日之前的两天,也就是三年前的十月二号,这个时间我记得很清楚。可是至于你是什么时候出生的,我真的没办法告诉你。"

母鸡想了想,问:"然后您就收留了我?"

"对。"奶奶点点头,"本来我想把你送到拉姆鲍尔家。那个大院子里有很多动物,我想你跟它们在一起应该会比在我们这个小房子里过得好。但是为了弗里茨我不能这样做,因为你们从一见面就成了最亲密的好朋友。当他发现我想要把你送走的时候,他把他所有的已经画好的生日愿望全都划掉了,只画了一只小鸡递给我,上面写着'这就是我想要的一切'。事情就是这样。"

母鸡感动得流下了几滴眼泪。

"多好的故事,噢,我亲爱的弗里茨,多好的故事,我就如天使般降临你的身边!"它感叹道。就在这时,它想到了一个主意:"那我们就来庆祝一下母鸡的发现日吧,反正这跟生日也差不多,只是可以许下更多的愿望。"

"哥本哈根①!"弗里茨高兴地说。奶奶笑了,她也喜欢这个主意。

"我们可以给你和弗里茨办一个小型庆祝会,一个生日暨发现日聚会。"

"哥本哈根!"母鸡也喊道,"有蛋糕和儿童香槟?"

"有蛋糕和儿童香槟!"沃妮亚奶奶确认道。

"那我现在没时间闲聊了。"母鸡急匆匆地说,"弗里

---

①哥本哈根:丹麦首都。

茨,来!我们得列出我的愿望清单。"说着它把弗里茨拉进儿童房,关上了门。

这一整天他们俩都没有露面,也听不到他们的声音。直到晚上,弗里茨才拿着一沓厚厚的纸从房间里出来,他的手都写疼了。母鸡看起来很满意。

"这是我的愿望单!"它轻描淡写地说。沃妮亚奶奶表情严肃地研究着那沓纸,一张接着一张看。

"你是认真的吗?"她表示怀疑,"你要马戏团帐篷?"

母鸡高兴地点点头。"包括马戏演员!"它肯定地说,"当然还必须有狮子和长颈鹿。"

"这儿写着,你想要一辆自己的房车。"奶奶继续读。

"不,"母鸡纠正说,"我想要四辆房车,这儿写着呢:一辆装满棒棒糖和爆米花;一辆用来看电视和玩电脑,比如我看小丑看腻的时候可以用;一辆里配有游泳池、滑梯和蹦床;还有一辆当然用来睡觉。"

"哦……"奶奶挠了挠下巴。

"另外还要一套立体声音响、一艘帆船、全套《星球大战》的 DVD、一个充气城堡、一台卡拉 OK 机、一套桌上足

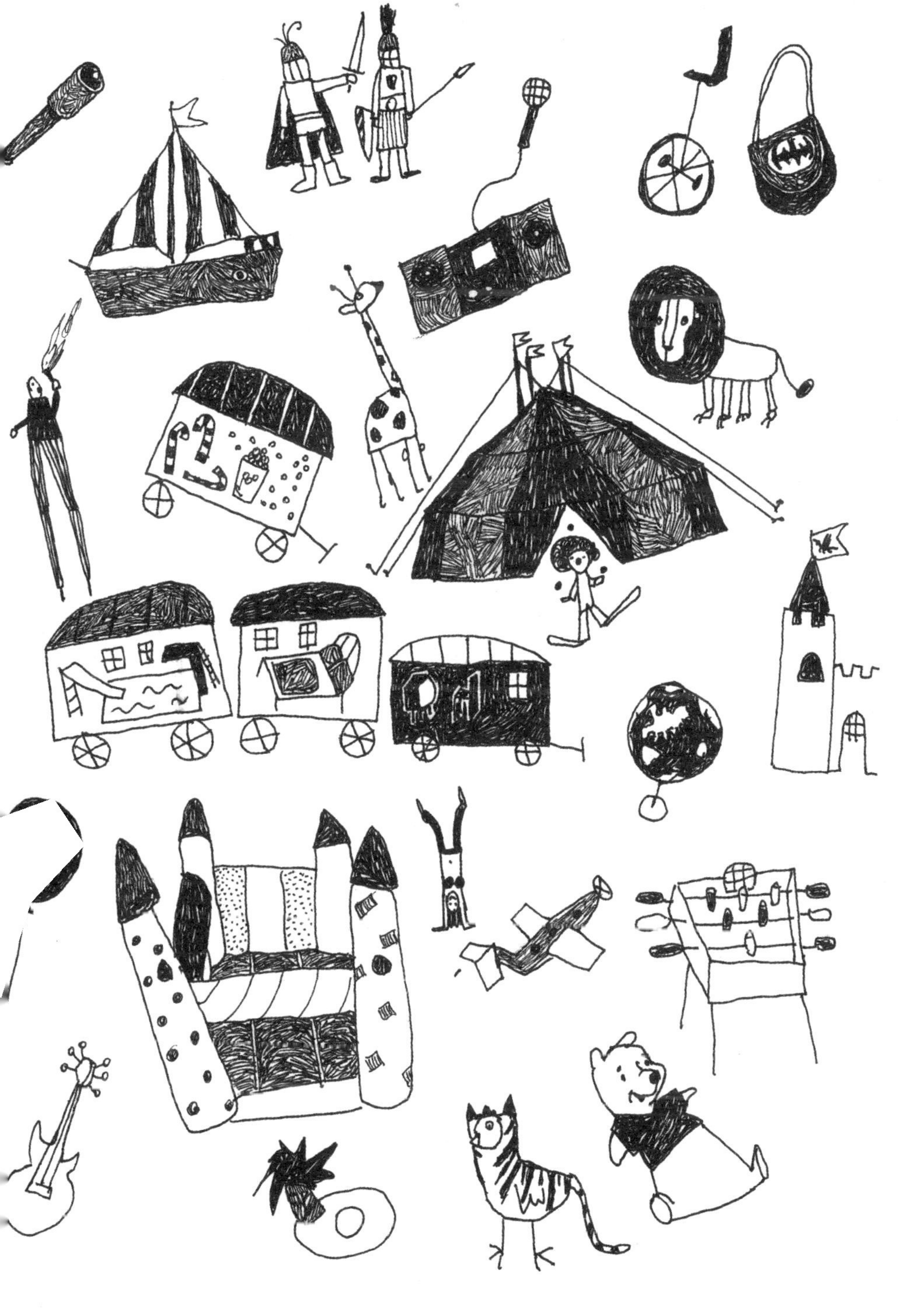

球、几张糖果店的优惠券、一个气球、一个发光地球仪、一套大型龙骑士城堡玩具加上配套的骑士、一套油画棒、一辆独轮车、一个蝙蝠侠的挎包、一套老虎服装、一架遥控飞机,还有橡皮泥、超级王牌游戏卡片、一把电子吉他、一个两米高的毛绒维尼熊、一个望远镜、一个充气的棕榈树小岛……"

沃妮亚奶奶读不下去了:"你不觉得,你要的有点儿多吗?"

"噢!"母鸡撇了撇嘴说,"毕竟我过去的几年都没有庆祝过发现日,所以我现在的愿望可以多一点儿。"

沃妮亚奶奶扬起了眉毛,若有所思。

母鸡大概也看出,在这么短的时间内买齐所有的东西可能有难度,于是它说:"好吧,最主要的是马戏团。"

奶奶摇了摇头:"好吧,我们看看吧。"她说着把厚厚的一沓纸推到一边。弗里茨把他画有红色三人帐篷的画也加在上面。

睡觉时间到了。"刷牙,穿睡衣,晚安。"奶奶说。过了一会儿,弗里茨钻进了睡袋里,小声说:"母鸡,再睡七个晚上就到了。阿尔伯施文德①！要热闹啦！噢，我好高兴。"

"阿尔伯施文德！"母鸡也小声说。它太激动了，一晚上几乎没有睡着。

接下来的几天，弗里茨和沃妮亚奶奶总是神神秘秘的。

他们好几次待在奶奶的卧室里，还锁着门，弗里茨拿着彩笔默默地出来又进去，他们还经常哧哧地笑，互相投去意味深长的目光。母鸡非常好奇，但是没人透露任何消息。

但母鸡也很忙。它有一项艰巨的任务——为宴会挑选一个合适的蛋糕，但是一直拿不定主意。

"我的责任太大了。噢，压力好大！黑森林樱桃蛋糕、马拉科夫蛋糕、酸奶蛋糕还是巧克力果仁蛋糕？"它很发愁。最后母鸡决定，自己创造一款蛋糕，它可自称是世界级的蛋糕创意大师呢。终于，它决定要一款"巧克力酸奶

---

①阿尔伯施文德：奥地利的一个小村庄。

布丁迷迭香杏仁泥蛋糕",上面再放些蜜桃味橡皮糖和巧克力豆作为装饰。母鸡满意地把这个菜单交给了奶奶,奶奶立刻开始制作。

重要的日子终于到了。弗里茨邀请了他的同学玛娅和保罗。拉姆鲍尔先生和施曼诺夫斯基也来了。他们玩了一会儿猜谜游戏,然后又用卫生纸互相缠绕包裹,再一声令下释放所有的木乃伊,还组织了一场野蛮的卫生纸大战。最后奶奶终于端上了蛋糕。蛋糕看起来棒极了,尝起来味道也不比看起来差。

"这是我精心构思的、独一无二的创意。"母鸡顺便提到——每分钟大概提十次。此外还有儿童香槟和奶油蛋卷,那是面包师施曼诺夫斯基带来的。当所有的人都吃得心满意足之后,母鸡问:"现在,我的礼物呢?"

这才是今天的关键词。弗里茨和奶奶对视了一眼,然后站到了厨房中间。

"女士们,先生们,观众们,"她宣布,"欢迎来到阿拉巴斯塔舒塔马戏团。请欣赏精彩的驯兽表演、紧张刺激的杂技,还有我们的开场小丑肉球先生!"

奶奶给了拉姆鲍尔先生一个手势,拉姆鲍尔先生就把一个红鼻头戴在脸上,把枕头塞进上衣里,摇摇晃晃地走进了"马戏表演场"。他鞠了个躬,然后向上一跳,裤子就"不小心"滑到了膝盖,于是他穿着内裤站在那里。观众们都笑了。

"再来一个!"母鸡激动地大喊。

弗里茨介绍了第一个节目。

"尊敬的观众朋友们,请你们坐稳扶好,因为我们的狮子就要出场了!"

奶奶递给他一个呼啦圈,接着保罗、玛娅和面包师施曼诺夫斯基都依次手脚并用地钻过呼啦圈,然后乖乖地举起"前爪"。

"好!"母鸡拍着手说,"太好了!"

节目继续。沃妮亚奶奶表演了几个侧手翻,弗里茨把双腿交叉放在脑后,玛娅作为世界上最强壮的女人出场,要求跟母鸡掰腕子。不可思议的是,母鸡赢了。观众掌声

如雷。然后是杂技吞火表演,施曼诺夫斯基从蛋糕上拿下一支点燃的生日蜡烛,连同火苗、烛心和烛台一起吞进了肚子。母鸡惊讶得目瞪口呆。

"好!"它又喊道,"太好了!"

时间一眨眼就过去了,每个人都表演了一项绝活儿,

弗里茨的纸牌魔术震惊全场；走钢丝的演员保罗将一根跳绳摆在地上，轻手轻脚地从上面走来走去；拉姆鲍尔先生扮演了小丑，动作滑稽搞笑。母鸡坐在观众席上一会儿鼓掌，一会儿大笑，一会儿惊呆。

当表演结束的时候，弗里茨说："坐着别动，我们还有一个小小的惊喜。我去去就来。"

说着他像一阵风一样嗖地跑进沃妮亚奶奶的卧室，很快又拿着一张巨大的海报出来。那张纸肯定有两米多高，密密麻麻地画满了大大小小的画。有一辆带游泳池的房车、一个飞机模型、一把电子吉他，所有的画都用彩笔和水粉进行了细致入微的描绘，还有维尼熊、充气的棕榈树小岛、望远镜、充气城堡、蝙蝠侠挎包——总之一句话，就是母鸡想要的所有东西。

"这是奶奶和我一起做的！"弗里茨骄傲地说着，把画递给了母鸡。

"发现日快乐！"

母鸡热泪盈眶。

"噢，"它激动地说，"是的，我想要的就是这些。"

它抽泣着说:"这是我收到过的最好的礼物。对于一只母鸡来说,今天绝对是最最精彩一个发现日,不可能有比这更棒的了。弗里茨,你真是我的宝贝!"

它热情地紧紧抱住弗里茨,紧得弗里茨都快喘不过气来了。

"还有奶奶,噢,我该说什么呢?让我亲一口吧!"

它在沃妮亚奶奶的脸上使劲地吻了一下。

弗里茨当然也收到了礼物。

当奶奶和拉姆鲍尔先生、面包师施曼诺夫斯基一起递给他一个精美的三人帐篷时,他高兴地大喊:"喜马拉雅山①!"

接着,弗里茨拆开了玛娅和保罗送给他的礼物,母鸡也兴奋地喊:"喜马拉雅山!"

"最新的流行曲CD!弗里茨,我们现在就听听吧!"不到两分钟后,奶奶的老CD机里就传出动听的旋律,大家都跟着唱起歌、跳起舞来,有林波舞,有抢椅子游戏,儿童

---

①喜马拉雅山:世界最雄伟高大的山系,平均海拔六千米。

房里还响起了轻松的波兰舞曲……真是一个热闹的聚会。母鸡还说,应该把发现日推广为全国性的节日,这一天所有的学校要放假,国家总理要发表表彰讲话,宣传优秀母鸡的光辉事迹。这一天大家尽情狂欢庆祝,感谢上天创造了一只这么了不起的母鸡,它的存在真是全世界的荣幸。

## 作者简介

# 米歇尔·罗厄
## Michael Roher

米歇尔·罗厄，1980年出生于奥地利的小镇克雷姆斯，大学毕业后搬到了维也纳，接受教师培训，后致力于儿童与青少年的教育工作。他很热爱马戏，经常以游戏和马戏表演的方式给孩子们上课。他从小喜爱绘画，

ⓒ Verlag Jungbrunnen,Wien

并把这个爱好保持至今,曾为多部童书绘制插图或自己创作绘本。他的作品曾多次获得奥地利青少年文学奖和维也纳童书奖,本人获得2014年奥地利杰出艺术家称号,是奥地利儿童文学界的新秀作家。

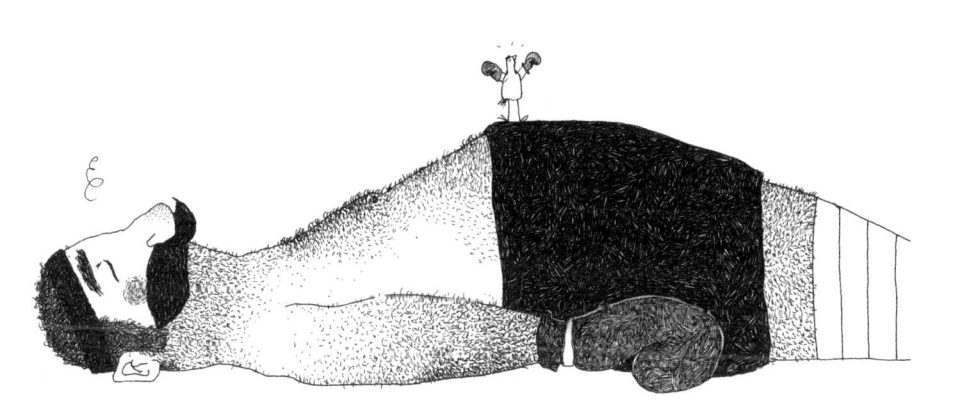

书评

# 阅读是一个成长游戏

余 雷 / 儿童文学作家、阅读推广人、昆明学院教授

儿童的文学阅读活动是一个较为复杂的过程。儿童读者在这个过程中不仅从文学作品中接受知识、获取信息,同时还经历着各种各样丰富的情感体验。他们在这些体验中培养和发展着自己的情感控制能力、想象能力和积极健全的个性。为了获得这些宝贵的情感体验,儿童读者在选择读物时更倾向于那些真实反映儿童世界和儿童情感的作品。然而这些作品在忘记了童年的成人看来是疯狂的,是情节荒诞、想象奇特,是缺乏成人社会的规则和规律的。《天使母鸡爱疯狂》就是一个这样的疯狂故事。

正如有评论者认为的那样,这是"一只拥有独特生活态度和幽默感的母鸡"。然而这只有着金黄的嘴、雪白的毛和非同寻常高贵品格的母鸡只能存活于儿童的想象世界里，存在于儿童的情感世界中。

　　从报刊亭边捡来的母鸡与男孩弗里茨和他的奶奶生活在一起，母鸡自信、聪明，且行动力极强。如果去除母鸡特有的生活习性和举动，这其实就是一个爱幻想、期望得到认可、偶尔用小聪明换取自己需要的孩子。弗里茨身边的所有人并没有将母鸡看作一只普通的家禽，他们尊重它的决定，重视它的情感，接受它的情绪。正因为有着如此多的包容与信任，这只母鸡快乐地与人类生活在一起的故事才没有让读者觉得不可思议和难以接受。

　　这部作品的每一个章节都讲述了这只母鸡和弗里茨的故事。这些故事虽然没有必然的逻辑联系，但却让读者通过一个个生动的生活片段了解了母鸡和男孩的深厚友谊。聪明的母鸡有着世故的狡黠，为了获得弗里茨的信任和尊重，它谎称自己是魔法师，教给弗里茨根本不存在的魔法；它编造了宅男艺术家的故事，让弗里茨相信真有艺术家为它画了价值百万的肖像，而肖像却被闻讯赶来的强盗抢走了；它装作得了萨拉米流感，和弗里茨一起躺在

病床上享受美食、笑话和奶奶的照顾;它假装低血糖,让奶奶给它买玩具买食物……单纯的弗里茨和善良的奶奶明知母鸡撒谎,却一次次甘愿被它蒙骗。如果全书仅是这一类型的故事,那就只是一个好人被蒙蔽的系列故事。然而,母鸡也有很多优点,当母鸡得知弗里茨被女生玛娅推倒后,怒气冲冲地跑到学校找玛娅算账;当母鸡看到弗里茨遇到难题的时候,总会说一些"富有哲理"的话让他茅塞顿开;当母鸡知道弗里茨没能加入男生的小团体后,立即为他组建了一个"帮派",并马上发挥了自己的侦探才能……

弗里茨和奶奶并非不知道母鸡说话夸张,处处撒谎,却一次又一次地原谅了它,并在它提出非分要求的时候尽量满足它。尽管这是一个童话故事,但这个故事中的主人公并不是传统童话中没有分辨能力的老好人,奶奶和弗里茨对母鸡的恶作剧和小诡计心知肚明,因此他们会在母鸡装作低血糖的时候联手吓唬它,他们会在母鸡写出几十页愿望清单的时候用智慧的方式满足它。在弗里茨和奶奶看来,母鸡的种种举动更多的是顽皮和试探,它

希望得到更多的包容，得到更多的照顾，得到更多的关心，得到更多的爱护。他们的理解和欣赏最终让母鸡感动得热泪盈眶，激动得要把"发现日"推广到全国，让全世界都知道有这样一只了不起的母鸡。而弗里茨为母鸡所做的一切，让他更加善良和包容，更加懂得爱与责任。

母鸡的故事看似疯狂，但每个故事和故事中出现的人物都在讲述如何处理自己和他人的关系。母鸡和弗里茨都希望能够得到同伴的认可和接纳，都期望能够和同伴一起游戏和冒险，但他们的情感控制能力和人际交往能力有限，因此总是遇到这样那样的问题。母鸡在与弗里茨的游戏和对话中想象着如何解决这些棘手的问题，试图寻找到控制事态的方式和办法。弗里茨的积极配合其实也有着同样的目的。他们将生活中的许多难题看作一场游戏，在一次次游戏式的演练中完成着自己的情感体

验,获得宝贵的生活经验。

　　童话阅读的意义在于,儿童读者能在一个虚构的时空中进行自由的想象与游戏,这些想象符合他们的精神需求,这些游戏满足了他们的情感渴望。好的童话故事就是一个纸上游乐园,儿童与其说是在其中阅读,不如说是在其中游戏。他们在这些游戏中满足自己,调整自己,塑造自己,最终快乐长大。从这个意义上说,阅读是成长的游戏。《天使母鸡爱疯狂》带给我们的阅读感受就是这样的。

教学设计

# 我们都是不完美的天使

宁淑从 / 北大附小石景山学校

【作品赏析】

《天使母鸡爱疯狂》是奥地利作家米歇尔·罗厄的童话作品。故事发生在史莱博胡同15号的一座楼房里,这里住着善良的沃妮亚奶奶和他的孙子弗里茨,还有一只不走寻常路的母鸡。母鸡是弗里茨最好的朋友,是疯狂的天使,有一些小缺点,但可爱又聪明。它头脑中有许多奇特的想法。每当弗里茨遇到问题时,它总能够想出解决的办法,虽然这些办法通常不靠谱。

对于孩子来说,童话充满了天马行空的想象。因为相信,因为好奇,因为纯真善良,童话一度成为他们不可替

代的信仰。这个童话故事的主角母鸡就是一个充满想象力的角色。故事的开篇用"母鸡天使"来形容母鸡,行文中却似乎在表现母鸡的自大、吹牛、爱说谎、小自私,甚至有点儿疯狂。孩子们难免会好奇,为何母鸡的形象前后反差这么大呢?

继续阅读这个故事——玛娅惹弗里茨生气的时候,母鸡为弗里茨打抱不平;学校里的伙伴团体没有让弗里茨加入的时候,母鸡自己组建团队让弗里茨开心;弗里茨与母鸡跟玛娅一家露营的时候,母鸡尽管自己胆子很小,还是鼓励弗里茨要勇敢。我们感觉到了母鸡用自己的方式表现出来的友谊,让男孩每天都很快乐。

母鸡就像个不完美的孩子,偶尔表现出疯狂,却是个肯为朋友付出的天使。

故事里的每个角色都个性鲜明。男孩弗里茨的善良单纯让我们感受到了真善美,他每次兴奋地喊出世界各地不同的地名时都让人不禁跟随他一起手舞足蹈;奶奶沃妮亚的慈爱让人心生向往,她用智慧化解了孩子们的胡闹,并把温暖的爱灌注在男孩、母鸡以及身边一切人和事上;玛娅纯真可爱,拉姆鲍尔先生幽默友善……故事里的人们告诉我们,每个人心中都住着一个天使。

故事的结尾,大家其乐融融,一起给母鸡庆祝"发现日",用特殊的方式完成了母鸡的所有愿望。母鸡依旧那么疯狂,故事依旧那么令人开心。

请接受自己,接受朋友,我们都是不完美但走在变完美路上的天使。

## 【教学设计】

### 一、活动导入

1. 出示天使图片。看到图片,你想到了什么?

2. 出示母鸡图片,你又想到了什么?

3. 当母鸡被称为"天使"时,会发生什么故事呢?

[设计意图]从视觉上激发学生兴趣,引导深入学习。

### 二、活动过程

(一)走进故事,整体把握内容。

1. 教师谈话式交流:同学们,读了这个故事,你知道其中的主要人物是谁吗?他/它给你留下了怎样的印象呢?

2. 书中一个个的小故事,分别表达了什么呢?

[设计意图]通过整体把握故事情节,引导学生感悟主人公的性格特点。

(二)再读故事,分享精彩片段。

1. 在故事中,哪一个描写母鸡的片段特别吸引你呢?请结合你的探究作业与大家来交流,分享精彩故事内容。

故事精彩片段:

预设 A:《玛娅那点儿事》中,弗里茨放学回来,气呼呼地向奶奶和母鸡诉说他与玛娅之间的矛盾,母鸡听后生气极了,它要保护弗里茨,帮他对付这个"坏蛋"。它要充当一个强壮、勇敢、会空手道的保镖,与弗里茨来到学校找玛娅要回弗里茨的好友记录册。

预设 B:《母鸡夫子》中,在儿童房里,弗里茨坐在写字桌前正写作业。他遇到了不会做的题目,抬起头,用审视的目光打量着母鸡。母鸡身上裹着奶奶的一条白色丝巾,张开双翅,昂首挺胸地站在沙发上,让天花板上的顶灯照射在自己身上,就像一个顶着光环的传教士,然后胡乱地解答弗里茨的作业。

预设C:《弗里茨和恐惧》中,弗里茨要与玛娅的爸爸妈妈一起去森林野营,母鸡也十分想去,它称自己是一位勇敢的母鸡冒险家,给孩子们讲着晚上在野外野营的可怕的场景。到了晚上休息的时候,黑暗中有一个柔软的东西开始在弗里茨身边移动,然后挤到了弗里茨的手臂下面,它就是长满羽毛的母鸡。

2.师生讨论:你觉得这只天使般的母鸡有什么特点呢?你有什么自己的理解呢?

3.根据讨论结果填写表格:

| 故事的简要内容 | 母鸡的特点 | 我的感受 |
| --- | --- | --- |
|  |  |  |
|  |  |  |
|  |  |  |

[设计意图]通过对故事精彩片段的赏析,激发学生的想象力,锻炼学生的口语表达能力,以填写表格的形式让学生多角度理解母鸡的性格特点,引导学生更深地感受天使母鸡带给朋友的乐趣。

(三)研读故事,感悟情感。

1. 思考讨论:

(1)找到沃妮亚奶奶以及玛娅对母鸡的前后态度的内容,想一想作者想告诉我们什么道理呢?

(2)如果你是其中的一个人物,你会喜欢这只母鸡吗?为什么?

(3)在现实生活中,你有没有像母鸡这样的朋友呢?你有没有像母鸡那样去对待你的朋友呢?

2. 母鸡的哪一次异想天开给你的印象最深?为什么?请你写下来。

【课后拓展】

1. 我会抄一抄：

作品中有许多描写人物心理、神态的句子，选择几句积累下来。

2. 我来说一说：

母鸡有时爱吹牛，我要想一想，我是否也有这样的问题？

我的朋友也总爱吹牛或说谎，我该怎么和他相处呢？